eXtreme novel
약속의 네버랜드
THE PROMISED NEVERLAND
~전우들의 기록~
원작 시라이 카이우
그림 데미즈 포스카
소설 나나오

등장인물 소개

GF하우스의 아이들

2년 안에 GF하우스에 갇혀 있는 모든 아이들의 해방이 목표.

레이

GF하우스의 아이들 중 유일하게 노먼과 겨룰 수 있는 지략가.

엠마

뛰어난 운동신경과 높은 학습능력을 가진 무드메이커.

노먼

뛰어난 분석력과 냉정한 판단력을 겸비한 GF하우스 제일가는 천재.

GP의 사람들

장난으로 인간을 사냥하는 GP의 귀신들을 섬멸하려 한다.

???

떠돌이 귀신. 종교적 신앙 때문에 농원의 인간을 먹지 않는다.

무지카 송쥬

GB의 탈주자

유고

고급 농원 GB에서 탈주한 아이들 중 유일한 생존자인 듯하다.

GP의 귀신들

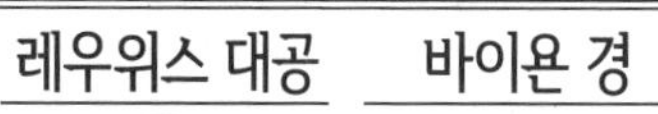

레우위스 대공 바이욘 경

인간과의 목숨을 건 싸움을 갈망하는 GP 최대의 적.

GP 내에서 비밀 인간 사냥을 주최하는 귀족 귀신.

왕가

많은 신하를 다스리는 귀신 세계의 왕.

레그라발리마

지난 줄거리

귀신의 식량으로 사육되고 있었다는 것을 안 엠마는 살기 위해 14명의 친구들과 함께 고아원 GF 하우스를 탈옥한다. 그리고 안전한 셸터에서 지내는 아저씨를 만난 아이들은 그의 힘을 빌리기 위해 가이드를 부탁하고, 엠마와 레이를 미네르바의 편지에 있던 GP(골디 펀드)로 보낸다. 그러나 엠마는 귀신에게 잡혀 두 사람을 남기고 GP 안으로. 그곳에서 엠마는 사람을 사냥하는 귀신을 토벌하려는 인간들을 만난다. 그리고 안내받은 비밀 방에서, 갖고 있던 미네르바의 펜을 사용해 여러 가지 정보를 손에 넣는다. 그것을 발단으로 오랜 시간에 걸쳐 준비한 GP 인간들의 반란이 시작되는데…?!

약속의 네버랜드

THE PROMISED NEVERLAND

~전우들의 기록~

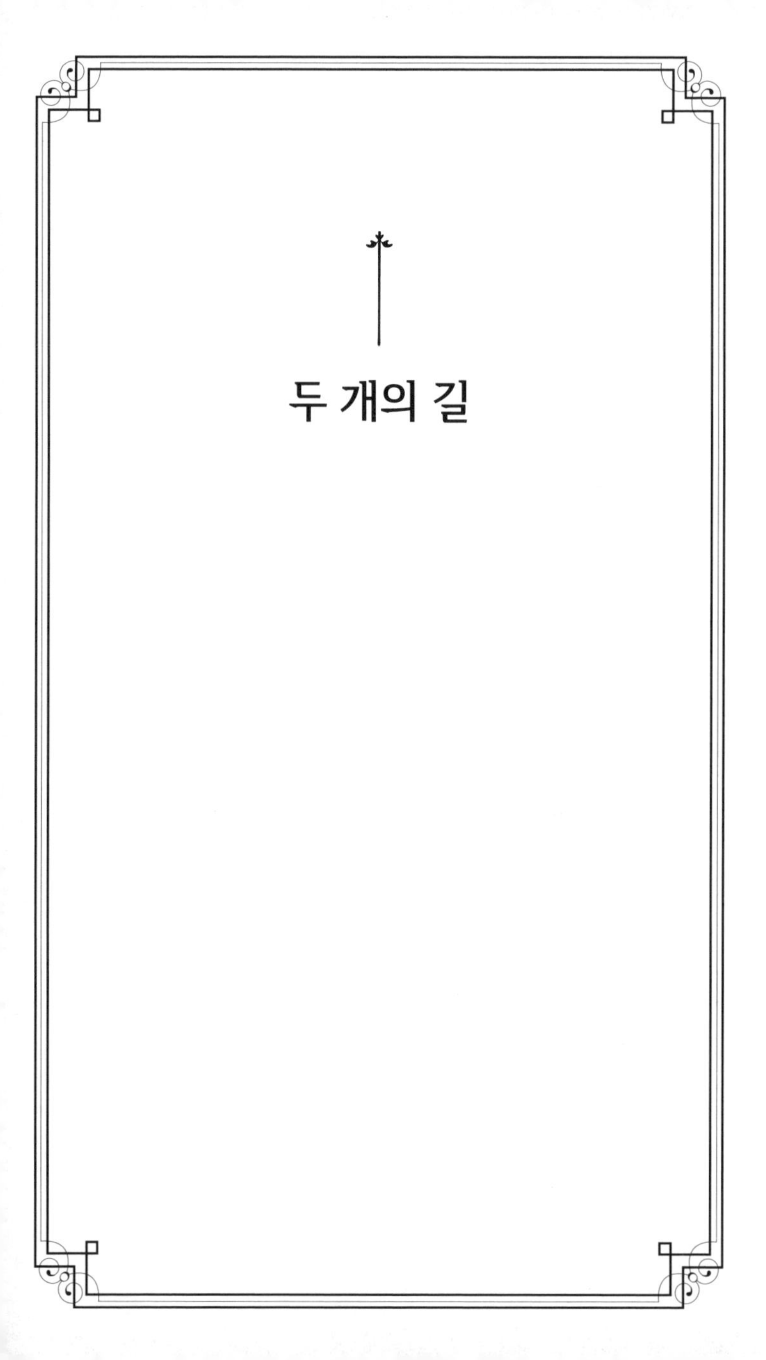

두 개의 길

어느새 부엉이 울음소리는 들리지 않았다.

레이는 지칠 대로 지친 몸을 나무둥치에 기댔다. 어두운 숲은 어느덧 검푸른 어스름에 감싸여 있었다. 나무들 사이로 하늘 빛이 비쳐 보였다.

이제 곧 아침이 밝아 올 것이다.

"방심하지 마라."

곁에서 들려온 목소리에 레이는 노려보듯 시선을 올렸다.

시선 끝에는 투박한 저격용 총을 등에 지고 코트 차림을 한 실루엣이 있었다. 아직도 이름을 밝히지 않는 동행자.

셸터에서 처음 만난 이 수수께끼의 '아저씨'와 함께, 엠마와 레이는 윌리엄 미네르바가 가리키는 '안주할 곳'을 향하고 있었다.

〈A08-63 골디 펀드〉.

이곳에 인간 세계로 갈 수 있는 단서가 있을까? 미네르바는 있을까?

편지에 적힌 이 좌표까지 가는 것이 여행의 목적이었다.

황야를 가로지르고 숲으로 들어갔다. 야생 귀신의 습격을 받아 죽을 뻔하면서도 쓰러뜨리고, 엠마가 잡혀갔다.

"제길…."

레이는 거친 나무둥치를 주먹으로 쳤다.

유고는 몇 번째인지 모르게 욕을 뱉는 소년을 곁눈으로 확인했다. 처음 만났을 때부터 쭉 삐딱하기만 하던 그 표정은 이제 초조함을 감출 여유도 없어 보였다.

'…….'

오래전, 자신도 같은 얼굴을 하고 있었다.

아니, 분명 더 끔찍한 얼굴이었을 것이다. 절망 속에서 이 길을 따라 달아나면서.

혼자서.

유고는 코트 속에 껴입은, 사이즈가 맞지 않는 조끼를 움켜쥐었다. 한짝만 남은 가죽 장갑을 낀 손으로.

봉인해 두고 싶었던 악몽 같은 기억이 떠올랐다. 유고는 구역질을 참으며 앞을 바라봤다.

"…가자."

유고는 신음 소리처럼 중얼거리고 움직이기 시작했다. 이를 악물어 떨림을 감췄다. 몸이 이 앞으로 나아가기를 거부하고 있다.

A08－63으로.

그것은 '밀렵자'나 '사냥터'에 대한 공포가 아니다. 이 앞으로 나아가면 반드시 형제들을 희생시킨 과거와 마주하게 된다.

유고는 몇 번이나 되풀이했던 말을 가슴속에서 중얼거렸다.

'나 때문이야.'

13년 전, 골디 펀드로 가자고 말을 꺼낸 사람은 자신이었다.

하우스를 탈옥한 자신들이라면 이루지 못할 일은 없다고 생각했다. 윌리엄 미네르바가 남긴 단서를 의지하여 인간 세계로 간다. 모두가 힘을 모으면 아무도 죽지 않고 승리를 거머쥘 수 있을 줄 알았다.

유고는 흔들리는 잎사귀 소리에 그리운 목소리가 포개지는 것을 들었다.

"다들 준비는 됐어?"

"이 셸터와도 오늘로 이별이구나."

출발하던 날의 대화는 귀에 달라붙어 떨어지지 않는다.

만반의 준비를 해서 짐을 꾸리고 셸터를 떠났다. 미네르바를 찾아내서 인간 세계로 간다는 결의와 희망이 가득했다.

'아아… 그랬지.'

유고는 골디 펀드로 이어지는 숲길을 걸었다.

만약 그때로 돌아갈 수 있다면 결코 이 길을 택하지 않을 것이다.

"모두 사이좋게 즐거운 다과회를."

출발하는 아이들의 대화는 부드러운 소녀의 목소리로 마무리되었다. 쿠키 깡통 옆에 두었던 편지는 13년 동안 그대로였

다.

새 탈옥자가 찾아오던 그날까지.

'하하… 마지막 '다과회'라고 생각했는데.'

설마 먹어 버릴 줄이야. 텅 빈 쿠키 깡통을 앞에 두니, 유고는 권총을 쥔 채 혼자 생각하고 또 생각하던 자신이 바보처럼 느껴졌다. 그 첫 만남에서 오늘까지 줄곧 새 탈옥자들은 예상 못 할 행동으로 얼마나 사람을 들었다 놨다 했던가. 소중한 셸터를 '인질'로 협박하지를 않나, 억지로 가이드를 맡기지를 않나…. 셸터 안을 시끌벅적하게 뛰어다니던 발소리가 되살아난다. 유고는 어이없는 심정을 가슴속에 감추고 표정을 다잡았다.

'죽지 마라.'

유고는 잡혀간 소녀에게 소리내지 않고 말을 걸었다.

그리고 뒤를 따라오는, 험악한 눈빛을 한 소년을 어깨너머로 돌아봤다.

자신의 가족은 이제 돌아오지 않는다. 그래서 더욱, 이제는 아무도 같은 길을 밟게 하고 싶지 않았다.

'후… 이제 와서 염치없는 소리지만….'

유고는 이 여행 도중 둘에게 희망을 보여 준다고 했었다.

유고는 시선을 앞으로 돌리고 자조했다.

새 탈옥자들의 모습은 그대로 그 시절의 자신들과 겹쳐졌다.

희망에 가득 차 어떤 역경이 기다린다 해도 원하는 미래를 손에 넣고 말겠다며 눈을 빛내던 모습과.

옛날, GB(글로리 벨) 멤버들은 마침내 찾아낸 그 셸터를 거점 삼아 인간 세계로 가기 위한 준비를 시작했다.

여행을 위해 사냥 기술을 익히고, 무기 다루는 방법을 배웠다. 보존 식량을 만들고 새 옷도 마련했다. 서로 힘을 모아 순조롭게 진행됐지만, 셸터를 떠날 날이 다가오면 다가올수록 긴장감이 돌았다. 밖으로 나가면 다시 농원의 추적자들에게 쫓길지도 모른다. 야생 귀신도 마음 놓을 수는 없다. 인간 세계로, 그 단서가 있는 〈A08－63〉으로 가기로 다 같이 결의는 했지만 불안하기는 마찬가지였다.

그러던 어느 날.

"다과회를 하자."

그렇게 말하며 보존 식량인 쿠키 깡통을 가져온 사람은 다이나였다. 쿠키나 비스킷은 보존 기간이 긴 것이 많아, 만약을 위해 아껴 두기로 했다. 그래서 그걸 먹자고 제안한 다이나의 말을 듣고 자신도 다른 형제들도 놀랐다.

"뭐?"

"하지만 그건 보존용이잖아?"

"먹어도 되겠어?"

저마다 이유를 묻는 형제들에게 다이나는 웃으며 말했다.

"매일 굴 속에서만 지내다 보면 우울해지잖아."

테이블에 놓고 깡통 뚜껑을 열었다. 파캉 하는 경쾌한 소리에 이어 식당에 달콤한 냄새가 감돌았다.

안에는 귀여운 모양의 쿠키가 가득 들어 있었다.

"하루를 마치면서 다 같이 약간의 호사를 누리는 거야."

그 제안을 시작으로 저녁 식사 후에는 홍차와 쿠키가 테이블에 놓이게 되었다.

신기했다.

유고는 지금 생각해도, 그 시간이 자신들에게 얼마나 큰 것을 주었는지 새삼 놀라곤 한다.

살아남는 것이나, 인간 세계로 간다는 목표에 비하면 그런 잠시의 휴식 같은 것은 딱히 중요한 일이 아니라고 생각했다.

하지만 쿠키 한 조각과 홍차 한 잔, 겨우 그것만으로도 오랜만에 모두의 표정이 부드러워졌다. 확실히 하루하루 목숨을 부지하는 것만이 최우선인 생활은, 웃고 있어도 마음 어딘가는 긴장으로 팽팽했다. 생각해 보면 진실을 알고 하우스를 떠난 그날부터 쭉 그래 왔다.

"하우스에서 하던 다과회가 생각나네."

쿠키를 깨물며 문득 중얼거린 사람은 니콜라스였다.

"…즐거웠는데."

나이 어린 존이 맞장구를 친다.

그때 유고도 같은 생각을 하고 있었다. 필사적으로 도망쳐 나온 곳이지만 추억은 하나같이 밝고 포근했다. 그것을 떠올리게 한 것도 이 쿠키와, 홍차가 가득 담긴 찻잔이었다.

'다과회'는 아이들에게 특별한 행사였다.

그렇게 된 것은 그 사건 이후부터였다. 묻어 두었던 추억이 향기로운 수증기처럼 주위에 감돈다.

유고는 어두운 숲을 걸으며, 아직 하우스에 있던 시절의 기억을 더듬었다.

시작은 한 권의 책이었다.

* * *

시곗바늘이 맨 위에서 합쳐지자 큰 종소리가 울렸다.

그 종소리는 멀리까지 울려 퍼져, 숲으로 에워싸인 그 작은 마을 어디에 있어도 들을 수 있었다. 이곳 GB는 셀 수 있을 정도의 건물이 오밀조밀 들어선 조그만 '마을'이었다.

오후 놀이 시간이 되어 형제들은 모두 씩씩하게 밖으로 뛰어나갔다. 하늘은 화창하고 풀 향기가 싱그럽다.

유고 역시 구두끈을 고쳐 매고 상쾌한 마당을 향해 뛰어나가려 했다.

"유고."

등 뒤에서 말을 건 사람은 검은 드레스에 앞치마를 걸친 여성, '엄마'였다.

"시험 만점 상으로는 뭐가 좋겠니?"

"어? 아… 글쎄요."

그 물음에 유고는 시선을 들었다.

매일 학교 수업 대신 치르는 시험에서 한 달 내내 만점을 받으면 상을 받는다. 성적이 좋은 유고에게도 꽤 어려워서 지난달에는 거의 이루어지려던 순간 1점이 모자라 원통함을 맛보았다.

유고는 쪼그려 앉은 채 생각에 잠겼다.

"음…."

얼른 떠오르는 것이 없었다. 장난감을 갖고 싶을 나이는 이미 지났고, 책은 도서관에 많이 있다. 지금은 이렇다 하게 떠오르는 것이 없었다.

이미 마당으로 나간 형제들이 "유고!" 하고 재촉하듯 불러, 관심은 그쪽으로 향했다.

"생각해 볼게요!"

끈을 질끈 매고 일어선 유고는 웃음으로 답했다.

"그러려무나."

엄마는 어깨를 으쓱하며 대답하고는 뛰쳐나가는 유고의 뒷모습을 현관에서 배웅했다.

마당으로 나가자 파란 하늘에서 쏟아지는 햇살이 초록빛 잔디 위에서 반짝반짝 부서진다. 하얀 옷을 입은 형제들이 나무 옆에 모여 있다.

"유고, 왜 이렇게 늦어!"

"우리 또 편 갈라서 술래잡기 하자!"

"아, 유고랑 루카스는 팀 따로따로 하기야!"

"알았다니까."

유고는 입을 모아 말하는 형제들에게 웃음을 보냈다.

지난번 술래잡기에서는 유고와 루카스 둘만 술래를 맡아 팀을 짰는데도, 눈 깜짝할 사이에 모두를 붙잡아 압승하고 만 것이다.

그때, 유고도 다른 형제들도 정작 루카스가 보이지 않는다는 것을 깨달았다.

"어? 루카스는?"

두리번두리번 마당을 둘러보다 한 사람이 가리켰다.

"아, 저기 있다!"

화단 옆, 루카스는 어린 여자아이의 손을 잡고, 빙 둘러선 다른 형제들 틈에 끼어 있었다.

그 무리들 가운데에서 유고는 다이나의 모습을 발견했다. 밝은 갈색 머리에 귀여운 머리띠가 잘 어울렸다.

유고는 길고 찰랑찰랑한 머리카락을 귀 뒤로 넘기는 몸짓을

바라봤다.

“야, 루카스!”

“거기서 뭐 해?”

형제들이 달려가자 유고도 얼른 정신을 차리고 뒤따라갔다.

이름을 부르자 루카스가 고개를 들었다. 유고와 같은 나이인 소년은 붉은 기가 강한 갈색 머리카락을 짧게 자르고, 심지 굳어 보이는 눈매를 하고 있었다. 형제들을 발견하자, 그 눈은 붙임성 좋은 미소를 그렸다.

“다이나가 도서관에서 근사한 책을 발견했어.”

“봐, 이거야.”

다이나는 무릎 위에 있던 커다란 책을 들어올렸다. 가죽으로 된 표지에 장정도 고급스러운 책이지만, 눈길을 끄는 것은 책 속에 선명한 색으로 그려진 삽화였다.

“우와, 예쁘다!”

“그림 멋지네.”

동생들이 감탄하며 페이지를 바라봤다.

큰 판형으로 된 그 책에는 다과회를 묘사한 삽화가 여러 장 그려져 있었다. 테이블 가득 알록달록한 케이크와 쿠키, 세트로 된 찻잔과 접시, 찻주전자 같은 티 세트도 놓여 있다.

“이런 다과회를 하우스에서도 하면 좋겠네.”

페이지를 넘기며 다이나가 동경어린 목소리로 중얼거렸다.

곁에 있던 니콜라스가 팔짱을 끼고 생각했다.

"음… 홍차는 있지만… 이런 과자를 갖추기는 어렵겠지?"

"빵 같은 건 있어."

"어, 그럼 예쁘질 않잖아!"

그림책을 가리키며 입을 모아 의견을 말하는 형제들의 모습에 다이나는 즐거운 듯 웃었다.

"후후, 뭔가 궁리를 해 봐야겠네."

니콜라스가 스케치북을 꺼내, 어린 동생들이 말하는 과자 아이디어를 그림으로 그리기 시작했다.

술래잡기를 하려던 형제들도 한데 모여 그림책을 보고 있다가, 뒤늦게야 비로소 처음의 목적을 떠올렸다.

"참, 깜박했네! 루카스, 술래잡기하자!"

"맞아, 자유 시간 다 끝나 버리겠어."

"좋아, 알았어."

루카스는 그 자리를 떠나 술래잡기 멤버에 끼어들었다. 편을 어떻게 가를지 이야기하던 존이, 멍하니 서 있던 유고를 불렀다.

"자, 유고도 어서 가!"

"아, 응."

동생의 부름에 유고는 정신을 차리고 뛰어갔다. 숲 쪽으로 달리며 유고는 나직이 중얼거렸다.

"다과회라…."

테이블을 장식한 여러 가지 쿠키 삽화가 유고의 머리에 남았다.

저녁 식사를 준비하기 전, 유고는 주위에 다른 형제들이 없는 것을 확인하고 엄마에게 말을 걸었다.

"있잖아요, 엄마."

엄마가 그를 알아차리고 돌아봤다. 엄마는 복도 벽에 새 그림을 붙이는 중이었다. 낮에 니콜라스가 그리던 과자 그림이 어느새 붙어 있었다. 장식해 달라고 동생들이 조른 모양이다. 독창적인 케이크며 기묘한 모양을 한 찻잔 그림이 늘어서 있다.

"어머, 무슨 일이지 유고?"

"나, 쿠키가 좋겠어요."

"쿠키?"

"시험 만점 받은 상으로."

뜻밖의 요청에 엄마는 고개를 살짝 갸우뚱했다.

"쿠키면 되겠어?"

유고는 크게 끄덕였다. 그리고 이를 드러내며 웃었다.

"네, 다 같이 먹을 수 있을 만큼 커다란 깡통에 가득 든 걸로요."

추가된 주문에 엄마는 그 의도를 헤아리고 미소 지었다.

"그래, 알겠다."

"모두에겐 비밀이에요."

유고는 장난스럽게 웃고, 복도를 달려갔다.

그날 밤 침대로 돌아와서도 유고는 자신이 떠올린 계획에 줄곧 가슴 설렜다.

'깜짝 놀라겠지?'

이불 속에서, 도착한 쿠키를 모두에게 보여 주는 순간을 상상했다. 하우스에는 없는 진귀한 쿠키들을 가득 늘어놓은 테이블은 말 그대로 그 '다과회' 삽화를 고스란히 재현할 것이다.

"헤헤."

유고는 웃으며 돌아누웠다.

다음 날 아침, 기상 종소리가 울리자 유고는 여느 때처럼 어린 아이들의 몸단장을 도와준 후 식당이 있는 건물로 달려갔다.

자신의 계획을 가장 가까운 친구에게는 알려 줄 생각이었다.

'깜짝 놀랄 거야.'

누가 뭐래도, 형제들 중 누구보다도 루카스를 놀라게 해 주는 것이 가장 보람 있고 뿌듯한 것이다. 게다가 다이나가 해 보고 싶다던 '다과회'를 완성하려면 루카스의 도움이 필요하다.

누군가의 생일이나 양부모가 결정된 날의 축하 이벤트는 언제나 루카스와 힘을 합쳐 성공시켜 왔으니까.

유고는 복도를 달려, 식당 안을 향해 소리쳤다.

"야, 루카스!"

식당에 들어간 순간, 자신의 목소리와 겹쳐지듯 형제들의 목소리가 날아왔다.

"우와! 굉장하다 루카스!"

"이런 게 어디 있었어?!"

이어서 들린 것은 다이나의 목소리였다.

"그림책이랑 똑같아!"

아침 식사를 준비하던 중인지, 중앙 테이블에 형제들이 모여 있었다. 작은 인파의 중심에는 루카스가 있었다.

"전에 창고에서 발견했거든. 쭉 잊고 있었지만."

루카스는 웃으며 대답했다. 그의 손 언저리는 유고의 위치에서는 잘 보이지 않는다.

유고는 고개를 갸우뚱하며 둘러서 있는 형제들 사이로 들어갔다.

"모두들 뭘 보고 있어?"

"아, 유고도 이것 좀 봐!"

"루카스가 찾아냈대, 굉장하지!"

니콜라스가 테이블 위를 가리켰다.

거기에 펼쳐진 광경을 보고 유고는 굳어 버렸다.

"아…."

거기에는 책 속에 있던 것과 똑같은 티 세트가 놓여 있었다. 세트로 된 찻잔과 찻주전자를 오래된 나무 상자에서 꺼내 늘어놓은 것이다.

"이건…."

말을 잃은 유고를 보고 루카스가 웃었다.

"왜, 지난번 비오는 날에 하우스 안에서 숨바꼭질을 했잖아? 그때 우연히 찾아낸 거야."

와, 그랬구나, 유고는 여느 때와 다름없는 투로 대답하려 했다. 그러나 말은 좀처럼 목소리로 나오지 않았다.

"루카스, 정말 굉장하다, 고마워."

그 목소리에 유고는 시선을 들었다.

다이나는 예쁜 무늬가 그려진 찻잔을 들고 기쁜 듯 웃었다.

'…….'

유고가 뭐라고 말하기 전에, 다가온 엄마가 전원을 둘러보며 말했다.

"자, 애들아. 이러다 아침 식사가 늦어 버리겠어."

엄마의 말에 다시 떠들썩하게 아침 준비가 시작되었다. 티 세트는 상자 속으로 돌아가 식당 선반에 올라갔다.

"어, 그러고 보니 유고 혹시 나 불렀어?"

루카스는 좀 전에 식당으로 오던 친구가 자신의 이름을 부르던 것을 떠올렸다. 유고는 그 얼굴을 보고는 홱 시선을 돌렸다.

"그냥 뭐…."

유고는 식탁 앞에 앉아 접시에 놓인 빵과 베이컨을 먹었다. 어젯밤까지 그렇게 들떠 있던 마음이 사그라지고, 식사는 하나같이 아무 맛이 없었다.

비스듬히 건너편을 힐끔 보니 다이나의 시선은 식당 선반에 놓인 티 세트에 꽂혀 있었다.

GB광장에 따사로운 햇볕이 내리쬔다. 기분 좋은 바람이 불고, 형제들은 공을 차며 놀고 있다.

그 광경을 유고는 나무에 기대어 바라보고 있었다.

여느 때라면 앞장서서 놀이에 끼어들었겠지만 오늘은 그럴 기분이 들지 않았다. 좀 떨어진 곳에서 흘러나오는 웃음소리를 들으며 발끝으로 나무뿌리를 꾹꾹 밟았다.

"쿠키 같은 게 다 뭐야…."

그 티 세트를 보고 나니 자기가 부탁한 선물이 너무 유치하고 보잘것없게 느껴졌다. 그걸 보면 모두가 놀라고… 특히 다이나가 기뻐할 줄 알았는데.

다과회를 하고 싶다고 말한 다이나는 분명 그렇게 세트로 된 아름다운 그릇을 동경했을 것이다. 그걸 읽어 내지 못했다는 것이 유고는 더욱더 분했다.

"유고?"

그 타이밍에 지금은 듣고 싶지 않은 목소리가 등 뒤에서 날아왔다.

기대어 있던 나무 뒤에서 루카스가 고개를 내밀었다. 그리고 옆에 서서 평소처럼 이야기를 시작했다.

"저기, 다이나가 말한 다과회 있잖아? 다음에 우리 식당을 장식해서…."

즐겁게 말을 거는 루카스를 유고는 가로막았다.

"…그러든가, 난 별로 관심 없어."

유고는 기대어 있던 나무둥치에서 등을 떼고 그 자리를 떠났다.

"어, 유고?"

놀란 듯 눈이 휘둥그레지는 루카스는 왜 친구의 기분이 언짢은지 몰라 머리를 긁었다.

"왜 저래…?"

유고는 뒤에서 들리는 말을 찜찜한 기분으로 무시했다.

유고는 정처 없이 숲속으로 들어갔다.

자기 행동이 유치하다는 걸 머리로는 알지만 솔직하게 루카스의 공로를 인정할 수 없었다. 다이나의 그 '굉장해'는 원래

내 것이었는데, 하는 생각이 아무리 해도 떠나지 않는다. 이제 와서 쿠키를 받아 봤자 아마 티 세트를 능가하는 감격을 줄 수는 없을 것이다.

추월당한 것이, 뒤로 밀려나 버린 것이 분하다.

아마 이것이 다른 형제였다면 이렇게 마음이 꼬이지는 않았을 것이다.

루카스는 철들 무렵부터 가장 사이가 좋고, 마음이 잘 맞고, 그래서 더욱 누구보다도 지기 싫은 상대였다.

루카스는 자신에게 없는 것을 갖고 있다고 느껴 왔다.

다정하고 가족을 아끼며, 언제나 동생들에게 둘러싸여 있었다. 차분하고 냉정하며, 주위 사람들을 가장 잘 챙기는 사람은 루카스다. 그러니 분명 다이나가 바라는 것도 한 발 먼저 알아차렸을 것이다.

"하아…."

유고는 이렇게 하찮은 일로 정색하는 자신이 점점 더 싫어졌다. 그렇게 연연할 필요도 없잖아? 고작 다과회일 뿐인데.

얼른 돌아가서 평소처럼 행동해야지. 그렇게 생각했는데도 결국 유고는 자유 시간이 끝나는 것을 알리는 종소리가 울릴 때까지 혼자 숲속을 헤매고 말았다.

나무들 사이로 저녁 햇살이 길게 비쳐 들어온다.

여느 때라면 놀다 지쳐 뿌듯하게 집까지 돌아갈 길을 유고는 무거운 발걸음으로 걸었다.

하우스의 지붕이 보인다. 진작 돌아와 있었던 형제들이 혼자 오는 유고를 보고 의아한 듯 말을 걸었다.

"아, 유고다."

"어디 갔었어? 얼마나 찾았다구."

저마다 말을 거는 형제들에게 유고는 얼버무리듯 웃었다.

"아… 나 혼자 할 게 좀 있어서."

그러면서 시선은 은근슬쩍 루카스를 살폈다.

루카스는 어색한 눈치 하나 없이 동생들과 함께 웃고 있었다.

'뭐야….'

그런 태도를 보였으니 당연히 신경을 쓸 줄 알았는데, 루카스는 너무나 평소와 같아서 김이 빠져 버렸다.

그래서 유고도 루카스에게 먼저 말을 걸 타이밍을 놓치고 말았다.

저녁 식사 때는 아무렇지 않게 말을 걸어야지, 자기 전에는… 하고 조금씩 미루다 보니, 그날은 루카스와 한마디 말도 못 한 채 소등 시간이 되어 있었다.

어두운 방 천장을 노려보며 유고는 생각했다.

'그 녀석… 뭔가 숨기고 있구나.'

자신의 태도에 화가 난 것은 아닐 것이다. 표정은 여느 때와

다름이 없었다. 그런데도 말을 걸 계기를 만들라치면 다른 누군가와 엉뚱한 이야기를 시작하고 만다. 눈을 마주치려 하지도 않고, 이유는 모르지만 피하는 기분이 들었다.

'다이나한테도 넌지시 물어볼까….'

무의식중에 머릿속으로 중얼거렸다가 유고는 욕을 뱉으며 돌아누웠다.

'아~ 그게 아니잖아!'

애초에 기분이 틀어진 것은 다이나에 대한 마음 때문인데. 어릴 때부터 몸에 밴 습관은 쉽게 바뀌지 않는다.

어린 시절부터 자기가 루카스와 다투기라도 하면 중재해 주는 사람은 언제나 다이나였다.

자기도 루카스도 워낙 고집이 센 성격이다. 옳다고 생각하는 일, 잘못됐다고 생각하는 일에 대해 쉽게 의견을 굽히지 않는 성격이었다. 하지만 다이나가 타이르면 신기하게도 둘 다 온순해진다. 누구한테 무슨 말을 들어도 따르지 않겠다고 결심할 만큼 서로 화가 머리끝까지 났을 때라도 말이다.

다이나가 없었다면 지금처럼 사이좋게 지내지도 못할 것이다. 유고는 요즘 들어 점점 더 그런 생각이 들었다. 다이나는 중심이 되어 뭔가를 하는 타입은 아니다. 하지만 그 애가 무리에서 함께 놀기만 해도 분위기가 화목해지는 것이다.

그런 점이 좋다고 생각했다.

"하아…."

유고는 한숨을 쉬고, 눈을 꽉 감았다.

'내일은… 내일이 되면 꼭 언제나처럼 말을 걸고 이야기해야지.'

마음속으로 다짐하고 베개에 얼굴을 묻었다.

그랬으면서도, 다음 날에도 루카스와 변변히 말을 나누지 못했다.

싸우고 서로 말을 하지 않은 적은 지금까지도 있었지만 이렇게 오랫동안 말 한마디 없는 것은 처음일지도 모른다.

역시 의도적으로 자기를 피한다는 느낌이 들었다. 자기가 먼저 퉁명스럽게 행동했기 때문에 유고도 먼저 가볍게 말을 걸기는 어쩐지 껄끄러웠다. 그러나 말을 안 하고 있자니 점점 더 첫 한마디를 입에 올릴 계기를 찾기가 어려워졌다.

유고가 복도 벽에 기대 작게 한숨을 쉴 때였다.

"유고."

엄마가 부르는 소리에 유고는 돌아봤다.

"오늘 네 상이 도착할 거야."

유고는 쿠키 얘기라는 걸 조금 후에야 알아차렸다.

"아… 응."

웃음기 없는 그 반응에 엄마는 의아한 표정을 지었지만 더 캐묻지는 않았다. 유고는 엄마가 자리를 뜨자 후 하고 작게 숨을 내뱉었다. 이제는 쿠키 같은 거 오지 말았으면, 하는 생각까지 들었다.

오후가 되었다. 그날은 아침부터 하늘이 흐렸고 점심때는 비가 내리기 시작했다. 날씨가 유고의 감정을 한층 우울하게 만들었다.

책을 읽어 달라는 동생들에게 끌려, 자유 시간은 도서관에서 보냈다.

"유고! 이거 읽어 줘!"

"내가 먼저야!"

큰 책을 끌어안은 에리카와 마이크에게 유고는 웃어 보였다.

"알았어, 알았어. 순서대로 다 읽어 줄 테니까."

페이지를 넘기며 유고는 마음을 정리하기라도 하듯 한껏 밝은 목소리로 낭독했다.

밖이 어두컴컴해서인지, 곁에서 이야기를 듣고 있던 두 아이가 꾸벅꾸벅 졸기 시작했다. 어깨에 실리는 무게를 느끼며 유고는 동생이 깨지 않도록 가만히 책을 덮고 쓴웃음을 지었다.

"낮잠 시간이 돼 버렸네."

다행히 도서관에는 커다란 소파가 있다. 유고는 잠든 남동생을 등에 업고, 얼굴에 졸음이 가득한 여동생의 손을 잡아 소파까지 데려다주었다.

그림책이 있던 책장 앞으로 돌아가 책을 정리할 때 유고는 문득 그 다과회 그림이 실린 책을 떠올렸다. 그 책은 아직 다이나가 갖고 있을까.

다이나는 어디 있을까 궁금해진 유고가 도서관 창문 너머로 밖을 봤을 때였다.

왠지 식당이 있는 건물 창에 불이 켜져 있고, 사람 그림자 여럿이 움직였다.

"어? 이런 시간에 왜…?"

가만히 보니 다이나의 모습도 보였다.

유고는 푹 잠든 에리카와 마이크를 보고, 잠시 고민했다가 가만히 그 자리를 떠났다.

도서관을 나와 인접한 건물 입구로 이동했다. 안에 들어가 머리카락의 물기를 털고 유고는 어두운 복도를 이동해 식당 문 앞에 섰다.

안에서는 형제들의 즐거운 목소리가 들려왔다.

유고는 문 쪽으로 서서, 누가 있나 하며 가만히 문을 열었다.

빠끔히 열린 문을 안에 있는 아이들은 눈치채지 못했다.

식당에는 다른 형제들과 함께 루카스와 다이나가 있었다.

테이블에는 루카스가 찾아낸 그 티 세트가 늘어서 있었다. 니콜라스와 아이들이 행주로 그것을 닦고 있는 듯했다.

"이만하면 분명…."

"응, 틀림없이 잘 될 거야."

다이나와 루카스가 즐겁게 이야기를 나누는 모습을 보고 유고의 마음이 삐걱 소리를 냈다.

* * *

풍차가 희미하게 삐걱거리는 소리가 벽을 따라 울린다.

아직 현실감이 없는 채 엠마는 좀 전에 배정받은 방으로 향하고 있었다. 너덜너덜해진 여행용 코트 차림에서 새로 받은 옷으로 갈아입었다.

이곳은 여행의 목적지인 A08-63. 골디 펀드(황금 연못).

상상도 못 한 형태로 엠마는 이곳에 **끌려와 있었다**.

미네르바가 식용아들을 위해 마련한 장소는 이제 귀신들이 차지한 밀렵장 즉, 비밀 놀이터가 되어 있었다. 낮에 엠마는 그 사냥을 직접 목격했다. 지금도 분노가 부글부글 끓어오른다.

'놀이라니…!'

무력한 식용아들을 풀어 놓고 괴롭히며 즐겁게 사냥을 한다. 엠마는 펜을 꽉 쥐고 복도를 걸었다. 오늘 단 하루를 보낸 자신도 이렇게 고통스런 마음을 안고 있는데 이곳에서 여러 해를 보내 온 아이들은 대체 얼마나 격한 감정을 억눌러 왔을까 생각했다.

'다음 사냥 때 이 사냥터를 끝내 버려야 해….'

엠마는 골디 펀드의 동료들과 공유한 작전 정보를 돌이켜 보았다. 첫 번째 폭발, 기습. 분산시킨 적을 쓰러뜨린 후 가장 강력한 상대를 전원이 토벌한다. 엠마는 방망이질 치는 가슴을 눌렀다.

뿔뿔이 흩어져 버린 레이와 아저씨도 걱정이지만, 두 사람이 여기로 끌려오지 않았다는 것은 밀렵꾼에게 잡히지 않았다는 뜻이다. 야생 귀신이라면 두 사람이 질 리 없다.

한시라도 빨리 두 사람과 합류하여 이곳에서 얻은 정보를 전하고 싶었지만, 일단은 이 사냥터를 떠나야 한다고 생각했다. 오늘 구한 테오만이 아니라, 올리버, 좀 전에 말을 나눈 나이젤과 질리언도, 이 골디 펀드에 있는 동료들 모두 줄곧 괴로움을 겪어 온 것이다. 그것을 안 이상 엠마는 무시할 수 없었다.

다음 싸움에서 반드시 귀신을 물리치고 승리를 거머쥐어야만 한다.

"…어라?"

그때 엠마는 아직 안쪽 홀에 불이 켜져 있는 것을 깨달았다. 누가 있나? 하고 그쪽으로 발걸음을 옮겼다.

모습이 드러나기도 전에, 향긋한 냄새가 먼저 코끝을 스쳤다.

'이 향기는….'

홀을 들여다보니 루카스가, 테이블에 놓인 금속제 컵에 주전자로 더운물을 따르는 중이었다. 지팡이를 테이블에 기대고, 왼팔 하나로 뭔가 마실 것을 만들고 있다.

"홍차?"

루카스는 엠마를 알아차리고 고개를 들어 미소 지었다. 이 사냥터의 유일한 어른이며 '아저씨'와 함께 오래전 하우스를 탈옥한 식용아 출신이다. 얼굴을 크게 가로지르는 오래된 흉터가, 웃음 짓는 눈매를 따라 살짝 움직인다.

"아, 너도 한잔 하겠니?"

짝이 맞지 않는 양철로 된 컵을 가져오더니 루카스는 홍차를 따르려 했다.

한쪽 손에 든 주전자를 기울이자 뚜껑이 달각거린다. 왼손 하나만으로는 뚜껑을 누를 수 없다 보니, 루카스는 불편한 몸짓으로 주전자를 고쳐 쥐려 했다. 엠마는 얼른 곁으로 다가갔다.

"아, 내가 따를게요."

엠마는 루카스의 손에서 주전자를 받아 들었다.

"고맙다."

두 잔 분량을 따라내니 물은 없어졌다. 빈 주전자를 내려놓고 엠마는 루카스가 권한 의자에 앉았다.

"피곤하지? 아직 안 자도 되겠어?"

김이 피어오르는 두 개의 컵을 사이에 두고 루카스는 물었다. 컵 하나를 엠마 앞에 놓았다.

엠마는 난처한 듯 웃으며 말했다.

"숲속을 여행할 동안은 전혀 잠을 안 자다 보니 몸이 어쩐지 적응을 해 버려서… 게다가 한꺼번에 여러 가지 일이 일어나서 아직 두근두근해요."

"그래, 하긴 그렇겠구나."

여기 오자마자 루카스와 함께 발견한 지하의 '황금 연못'에서 새로운 단서를 얻었다. '일곱 개의 벽', 인간 세계로 건너갈 방법, 그리고 람다(Λ) 실험장.

엠마는 컵을 가까이 가져와 두 손으로 감싸고는 훅, 하고 불었다.

"루카스도… 언제나 이렇게 늦게까지 안 자나요?"

기대어 둔 지팡이 손잡이를 잡고 루카스는 쓴웃음을 지었다.

"나는 밖에 나간 아이들을 직접 지킬 수 없으니까. 하다못해 힘이 될 수 있는 일을 조금이라도 해 두려고 해."

테이블에는 좀 전까지 검토하던 작전 자료와 함께, 작은 표시와 메모가 있는 책, 노트 등이 쌓여 있었다. 총격 각도나 폭약의 양 등이 상세히 기록되어 있었다.

방해가 되었을까 염려하는 엠마의 생각을 읽은 것처럼 루카스는 빙그레 웃었다. 노트를 덮고 책과 포개어 테이블 한쪽으로 밀어 놓았다.

"하지만 오늘은 모처럼 손님이 왔으니까."

루카스는 눈을 부드럽게 뜨고 그 말을 입에 담았다.

"'다과회'라도 할까?"

"…아, 그거."

엠마는 그 말을 들은 기억이 있었다. 정확히 말하면 본 기억이지만. 셸터에 있던, 쿠키 깡통 옆에 놓인 편지였다.

루카스는 쓴웃음을 짓고, 손에 익은 금속제 컵을 입으로 가져갔다.

"다과회라고는 해도 여기에는 예쁜 찻잔도 쿠키도 없지만."

엠마는 컵을 든 채 입을 열었다.

"…'모두 사이좋게 즐거운 다과회를'?"

엠마가 중얼거린 말에 루카스는 흠칫 놀랐다. 그리고 조용히, 그러나 슬픈 미소를 띠었다.

"셸터에 아직 그 편지가 남아 있었구나."

엠마는 끄덕였다.

"쿠키 깡통과 함께 그 말이 적힌 종이가 놓여 있었어요."

그것을 듣고 루카스는 눈을 크게 떴다. 그러더니 이내 표정이 풀어졌다.

"하하, 녀석은 그럼 그걸 쭉 그냥 놔뒀단 말이야? 바보 같이… 얼른 먹어 버리지."

"'다과회'가 루카스와 동료들에게 특별한 의미가 있었군요?"

그 말에 루카스는 엠마를 바라보았다. 엠마는 루카스의 그리움 어린 표정을 보고 확신했다.

굳이 편지에 그 말을 적어서 남겨 두었다. 역시 그것은 추억이 가득 담긴 '쿠키'였을 것이다.

예리한 소녀에게 루카스는 조용히 끄덕였다.

"그래. 하지만 그만큼 너희 가족이 그 쿠키를 먹어 줬다니 기쁘구나."

루카스는 눈을 내리깔고 김이 피어오르는 컵을 바라봤다.

"…다이나도 기뻐할 거야."

속삭이듯 한 말에, 엠마는 셸터 벽에 적힌 이름 중 하나를 떠올렸다. 루카스는 여기서 살아남은 사람이 자기뿐이라고 했지.

"아…."

뭔가를 깨달은 듯한 엠마의 표정을 알아차리고 루카스는 작게 웃으며 물었다.

"너희 하우스에서는 '다과회'를 했었니?"

"네? 아뇨."

엠마는 고개를 저었다. 루카스는 홍차를 한 모금 마시고, 아련히 떠올렸다.

"우리 하우스에서는 뭔가 기쁜 일이 생기면 다 같이 다과회를 열어 축하했지."

"우와."

엠마는 그 모습을 상상하며 얼굴을 빛냈다.
“즐거웠겠다!”
후후, 하는 루카스의 눈이 웃음을 띠며 가늘어졌다.
“도서관에 책이 한 권 있었는데….”
의자 등받이에 기대어 루카스는 그리운 기억을 더듬어 갔다.

* * *

다과회의 계기는 다이나가 발견한 한 권의 그림책이었다.
그 도서관에 있던 낡은 책에는 아름다운 그림이 가득 실려 있었다. 신기하게 지금까지도 티 세트의 무늬 하나하나가 또렷이 떠오른다.
“저기, 루카스도 이거 봐!”
오후, 자유 시간이 시작되는 동시에 현관을 나서는 루카스의 손을 여동생이 잡았다.
끌려간 곳은 화단 옆이었는데, 다이나가 그 책을 펼쳐 놓고 있었다. 형제들이 페이지를 들여다본다.
“다과회래! 근사하지?”
“어, 굉장하네.”
루카스도 아름다운 페이지에 눈길을 빼앗겼다.
그때는 멋진 책이라는 생각밖에 없었다. 도서관의 책은 꽤 많이 읽었다고 자부하는데도 이런 책이 있었다는 사실 자체에 놀랐을 뿐이다.

설마 이 책 때문에 그런 사건이 일어날 줄은 생각지도 못했다.

"와, 루카스!"

언제나 술래잡기를 하던 형제들이 부르러 왔다.

그중에 유고의 모습도 있었다. 다이나가 가지고 있던 책을 보고 유고 역시 자신처럼 반응할 줄 알았지만 의외로 아무 말이 없었다.

루카스는 이상하게 생각했지만 이내 약속했던 술래잡기 놀이에 끼어들었고, 자유 시간이 끝날 무렵에는 '다과회' 같은 것은 까맣게 잊고 있었다.

저녁 시간, 식당이 있는 건물 복도에서 루카스는 유고가 엄마에게 뭔가 이야기하는 모습을 목격했다. 저녁 준비를 시작하자고 부르려던 때, 누가 루카스의 어깨를 건드렸다.

"저기, 루카스."

돌아보니 거기 서 있는 사람은 다이나였다.

"아, 다이나. 무슨 일이야?"

다이나는 이야기를 나누고 있는 유고와 엄마 쪽을 확인했다. 잠시 생각한 후 손짓을 하고, 두 사람에게 보이지 않을 만한

위치까지 이동했다.

"…다 같이 '다과회'를 하지 않을래?"

루카스는 금세, 다이나가 낮에 보던 책 이야기를 한다는 것을 알았다.

"그 그림책에 나온?"

"맞아."

다이나는 후후, 하고 웃으며 끄덕였다.

"오늘이면 지난 한 달 동안의 시험 결과가 나오잖아? 그래서."

다이나는 목소리를 낮추고 그 '계획'에 대해 이야기했다. 다이나가 말해 준 내용에 루카스는 눈을 커다랗게 뜨고 활짝 웃었다.

"우와! 그거 멋지겠다."

그치? 하고 다이나는 끄덕였다.

"물론 협력할게."

그렇게 대답했을 때 루카스의 어떤 기억이 되살아났다.

"아… 그렇지."

중얼거린 루카스에게 다이나는 고개를 갸우뚱했다.

"왜 그러니, 루카스?"

어리둥절한 다이나에게 루카스는 장난스런 웃음을 보냈다.

"아니, 아무것도 아니야. 다이나가 하고 싶은 '다과회'는 꼭 잘 될 거야."

다이나는 더 이상 아무것도 묻지 않고 웃으며 끄덕였다. 루카스가 그렇게 말한다면 자세히 묻지 않아도 별일 없을 거라 생각했다.

"알았어. 고마워 루카스."

그날 밤, 소등시간이 지나 루카스는 살그머니 방을 빠져나왔다.

발소리가 나지 않도록 복도를 이동했다.

"이건 유고도 절대 모를 거야…."

엄마가 순찰을 오지 않는 것을 확인하고, 복도를 지나 창고 문을 열었다. 안으로 들어가자 퀴퀴한 냄새가 코를 찔렀다. 복도의 불빛이 들어오도록 문은 살짝 열어 두었다.

"가만… 분명히 여기 어디…."

겹겹이 쌓인 상자들 사이에서 목적하는 물건을 찾는다. 먼지 때문에 작게 기침을 하다, 루카스는 작은 나무 상자를 찾아냈다. 상자에는 색이 바랜 글자가 적혀 있었다.

"이거다."

뚜껑을 열고 안에 든 것을 확인했다. 내부는 전에 우연히 발견했을 때와 여전히 똑같았다.

상자 안에는 아름다운 티 세트가 들어 있었다.

거의 새것으로, 얼룩 하나 묻지 않았다. 낮에 다이나가 보던

책의 삽화에 그려진 것과 비슷한 찻잔과 접시, 찻주전자가 들어 있었다.

찻잔을 하나 꺼내, 루카스는 어스름 속에서 그 무늬를 확인했다.

얼마 전, 비가 와서 밖으로 놀러 나갈 수 없었던 날에 숨바꼭질을 하다가 창고 안에서 이 티 세트를 발견했다. 루카스는 아무한테도 말하지 않았고, 혹시 유고가 자기처럼 아무도 모르게 발견하고 입을 다문 것이 아니라면 유고도 이 티 세트의 존재는 모를 것이다.

“좋아, 이제 됐고….”

아침에 바로 가지고 나갈 수 있도록 루카스는 그 상자를 창고 앞쪽으로 옮겨 두었다. 내일 유고가 놀라는 얼굴을 상상하며 루카스는 작은 소리를 흘리며 웃었다.

“헤헤, 깜짝 놀라겠지?”

“어머, 거기서 뭐 하니, 루카스?”

방으로 돌아가려던 때, 뒤에서 엄마의 목소리가 날아왔다. 루카스는 움찔 하고 어깨를 들썩였다.

“아, 이, 이제 자려고요!”

황급히 방으로 뛰어들어 침대에 파고들었다.

쿵쾅거리던 심장이, 자리에 눕자 서서히 차분해져 간다. 루카스는 후, 하고 숨을 토해 내고, 머리까지 뒤집어쓴 이불 속에서 다시 키득키득 웃었다.

'그 티 세트를 보면 그 녀석이 분명 깜짝 놀라겠지?'

언제나 유고는 루카스가 아슬아슬하게 따라잡을 수 없는 위치를 달려간다는 기분이 들었다.

이번 달 시험도 그렇다. 루카스는 종이 한 장 차이로 만점을 놓쳤다. 점수 차는 얼마 되지 않았지만, 이번 달에야말로 앞설 생각이었기 때문에 분했다.

하지만 동시에, 경쟁 상대가 있다는 것은 특별한 즐거움이었다.

자신보다 나이 많은 형제는 있었지만 유고는 가장 지고 싶지 않은 상대이자 넘어서고 싶은 상대였다. 그래서 다이나가 이 '계획'을 알려 주었을 때 더욱 힘이 되고 싶다고 생각한 것이다.

'다과회'에 대해 이런저런 상상을 하는 사이 루카스는 잠들었다.

하지만 다음 날 티 세트를 본 유고의 반응은 루카스의 생각과 전혀 달랐다.

형제들은 모두 환성을 지르며 기뻐했는데, 유고만은 특별한 감상을 말하지도 않고 덤덤한 반응이었다. 어딘가 언짢은 기색마저 느껴졌다.

'…유고는 '다과회'를 하고 싶지 않은 걸까?'

여느 때라면 형제들이 뭔가 기획할 때 맨 먼저 움직이는데. 그때 다이나가 '‘다과회’를 해 보고 싶다’고 한 말은 유고도 들었을 것이다. 반대할 이유가 없다.

루카스는 골똘히 생각하다가 한 가지 가능성에 도달했다.

‘혹시, 들킨 건가?’

다이나가 하려는 ‘다과회’의 목적을, 눈치 빠른 유고는 이미 알아차렸는지도 모른다. 그래서 일부러 관심 없는 척을 하는지도 모른다.

‘음, 그렇다면 곤란한데….’

다이나에게 반드시 성공할 거라고 말한 이상, 루카스는 무슨 수를 써야 한다는 생각으로 행동에 들어갔다.

오후 자유 시간, 루카스는 유고를 찾아다녔다.

화창한 하늘 아래의 광장에는 여느 때처럼 떠들썩한 환성이 울려 퍼진다.

“이쪽 이쪽!!”

“와! 너무 멀리 던졌잖아~!”

공놀이를 하는 형제들 사이에도, 술래잡기를 하는 형제들 중에도 그 구불구불한 검은 머리는 보이지 않았다.

“어…?”

건물 안에 있나? 루카스는 생각했다. 이렇게 날씨가 좋은데 유고가 실내에 있을 것 같지는 않다. 루카스는 걸어 다니며 여기저기를 둘러봤다.

그러다 간신히 나무 그늘에 사람 그림자가 있는 것을 알아차렸다.

'저런 곳에서 뭘 하는 거지?'

루카스는 달려가서 나무에 기댄 등에 말을 걸었다.

"유고."

흠칫 놀란 듯 돌아보는 유고의 모습에, 당연히 눈치챘을 줄 알았던 루카스도 놀랐다.

루카스는 되도록 부자연스럽게 보이지 않기 위해 평소 같은 투로 말을 꺼냈다.

"저기, 다이나가 말한 다과회 있잖아? 다음에 우리 식당을 장식해서…."

평소라면 자기가 이렇게 운만 떼도 유고는 단박에 알아듣고 작전에 참여할 것이다. 그래서 알고 있는지 아닌지 떠볼 요량이기도 했다.

하지만 유고는 기대어 있던 나무에서 잠자코 등을 뗐다. 표정이 보이지 않는 뒷모습이 낮은 소리를 흘린다.

"…그러든가, 난 별로 관심 없어."

그 말만 남기고 그대로 숲을 향해 걸어가 버렸다. 루카스는 놀라 다시 말을 걸었다.

"어, 유고?"

친구는 돌아보지도 않은 채 그대로 걸어갔다. 루카스는 머리를 긁었다.

"왜 저래…?"

마치 싸웠을 때 같은 태도지만 루카스는 도무지 짚이는 곳이 없었다.

'역시 뭔가 눈치를 챈 건가?'

멀어지는 뒷모습을 루카스는 따라갈 엄두도 못 낸 채 바라보았다.

그날 저녁 식사 전, 식당에 모였을 때 루카스는 다이나를 찾아 말을 걸었다.

"다이나."

품에 그 책을 끌어안은 다이나는 누가 불렀는지 깨닫고 웃음을 지었다.

"아, 루카스! 다과회 계획 있잖아, 다른 아이들도 여러 가지로 준비를 도와주겠대."

"그게 있잖아."

루카스는 주위를 둘러보고는 목소리를 낮춰 소곤거렸다.

"…그 녀석이 눈치를 챈 것 같아."

"뭐?!"

다이나는 놀라 입을 가렸다. 하지만 이내 그 표정은 쓴웃음으로 바뀌었다.

"음… 그렇구나. 유고라면 그럴 수도 있어…."

다이나는 난처한 듯 한숨을 쉬었다.

"그럼 뭔가, 그보다 더 놀랄 만한 걸 생각해야겠네."

루카스도 끄덕였다.

"이제 다과회 날까지 더 이상 눈치 못 채게 하는 거야."

"응, 이제 이틀 남았으니까."

서로 마주 보고 끄덕일 때, 마침 유고가 지나갔다. 루카스는 그가 말을 걸기 전에 얼른 자리를 피했다.

이틀 동안 루카스는 기막히게 유고의 시선을 피하며 행동할 수 있었다.

이만하면 유고에게 자세한 내용까지는 들키지 않고 준비에 성공했을 거라고, 루카스는 돌이켜 보며 만족스럽게 끄덕였다. 하지만 상대는 유고다. 직전까지 방심은 금물이라고, 정신을 바짝 차리기로 했다.

다과회가 예정된 그날은 아침부터 날이 흐렸고, 점심때가 지나자 비가 쏟아지기 시작했다.

"아, 비가 오네."

"뭐야, 빨래도 못 널게."

창밖을 보고 형제들이 아쉬운 듯 어깨를 떨궜다.

루카스 역시 빗방울이 떨어지는 유리창을 바라보았다. 복도도 어두워, 축축하고 무거운 공기에 감싸여 있었다.

'모처럼 '다과회'를 여는 날인데.'

자유 시간, 루카스는 식당 앞에 모인 형제들을 보고 달려갔다.

"유고는?"

"에리카와 마이크가 도서관으로 데려갔어."

동생들의 이름을 대는 니콜라스에게 루카스는 끄덕였다.

"그럼 이 틈에…."

식당에 들어가 선반에 넣어 둔 나무 상자를 내렸다. 안에서 티 세트를 꺼내, 하나하나 깨끗이 닦았다.

"음, 비가 와서 꽃을 꺾어 오진 못하겠네."

테이블에는 꽃을 많이 장식할 생각이었지만 아무래도 이 빗속에서 숲속까지 가기는 어렵다.

그때 애니와 월터가 양손에 꽃을 한껏 안고 나타났다.

"루카스! 화단의 꽃을 엄마가 나눠 줬어!"

"마가렛에 거베라, 그리고 장미도 좀 피었어."

"와, 굉장하다!"

루카스도, 그 자리에 있던 다른 형제들도 손뼉을 쳤다.

"이만하면 장식하기엔 충분하겠어!"

재빨리 잼 병과 작은 병들을 가져와, 하얀 시트를 덮은 테이블에 꽃을 장식했다.

벽에도 형제들이 분담해서 만든 종이꽃과 그림을 붙이고, 리본을 달았다. 매일 사용하던 식당에 점점 알록달록한 장식들이 더해진다.

“다 됐다! 방 장식은 딱 맞게 끝났어!”

식당을 둘러보고 루카스와 아이들은 서로를 보며 기뻐했다.

다이나가 마지막으로, 홍찻잎이 든 깡통을 꺼내 언제든지 주전자에 넣을 수 있도록 옆에 두었다. 완성된 다과회장에, 루카스와 마주 보며 웃음을 나눴다.

“됐겠지? 이만하면 분명….”

“응, 틀림없이 잘 될 거야.”

그때 뜻하지 않은 목소리가 그 자리에 울렸다.

“무슨 이야기야?”

루카스는 튀어오르듯 목소리가 들려온 쪽을 돌아봤다.

문이 열리고, 유고가 안을 보고 있었다. 준비를 하던 형제들도 움찔하고는 굳어 버렸다.

“아, 유고.”

막을 틈도 없이 유고는 식당 안으로 들어와 주위를 둘러봤다.

“이거… 뭔가 하는 거야?”

유고의 표정에 웃음기라고는 없었다. 루카스는 뭔가 얼버무릴 구실을 찾으려 했다. 하지만 유고가 수긍할 만한 말이 얼른 떠오르지 않았다. 다이나의 시선이 자기를 향한다.

"어, 아니 저기."

"아무것도 아냐."

다이나가 그렇게 말한 순간 유고의 눈동자에 상처 입은 듯한 감정이 떠올랐다. 루카스는 그것을 알아차렸지만, 뭔가 말을 하기 전에 유고의 태도에서 서글픔이 사라졌다.

대신 그 눈은 루카스를 노려보았다.

"응? 뭔데, 말해 봐."

유고는 루카스를 다그쳤다.

"엊그제부터 대체 뭐냐고, 응?"

거칠어지는 목소리에 루카스는 곤혹스러웠다. 계획을 눈치채는 것까지는 각오했지만 지금 유고의 태도는 그런 것이 아니었다.

"유고, 왜 화를 내고 그래?"

당혹감 섞인 물음도 지금 유고에게는 역효과였다.

"뭐야, 왜 나한테는 말을 못 하는 건데!"

유고는 루카스의 멱살을 쥐었다. 그 기세에 쿵 하고 루카스의 몸이 식당 테이블에 부딪혔다.

"유고!"

다이나가 짧은 비명을 질렀다. 부딪힌 서슬에, 테이블 위의 컵 하나가 떨어졌다. 아, 하고 유고가 생각했을 때는 이미 늦었다. 섬세한 컵은 바닥에 부딪혀 산산조각으로 흩어져 버렸다.

* * *

날카롭게 공기를 가르는 소리가 뉘엿뉘엿 해 지는 숲속에 울린다.

유고의 손에서 탄창이 떨어졌다. 총탄에 맞은 야생 귀신이 한두 번 경련한 후 쿵 하고 땅에 쓰러졌다.

"이제 얼마나 남았지?"

쓰러진 후에도 주위에 대한 경계를 늦추지 않고, 레이는 언제든지 활을 쏠 수 있도록 겨누며 물었다.

"곧 입구에 도착한다. 하지만 밀렵꾼이 아직 우리를 쫓고 있을 거야."

붉은 저녁 햇살이 나무들 사이로 비쳐, 유고의 옆얼굴에 복잡한 그림자를 드리운다.

"어젯밤부터 안 잤지? 밤이 되기 전에 일단 휴식을 취해 둬."

유고는 총을 내리고 그렇게 일렀다. 빈틈없이 주위를 둘러본 후 레이도 겨우 활을 겨눈 자세를 풀었다. 이어 씹어 뱉듯이 유고에게 말했다.

"쉴 시간 같은 게 어딨어."

노려보는 레이에게 유고는 퉁명스레 말했다.

"안심해. 한 시간 후에는 반드시 깨워 줄 테니까. 피곤해 죽을 것 같아도 불침번은 교대하는 거다."

엠마의 구출에 협력한다고는 했지만 유고의 독설과 행동은 변함없었다. 대답 대신 레이는 혀를 찼다. 안정된 나뭇가지를 찾아 그 위에 웅크리고 눈을 감았다.

그 모습을 곁눈으로 보던 유고는 다시 시선을 들어 주위를 경계했다.

울창한 숲에는 어느새 저녁 빛도 들지 않았다.

'그때도 그랬지….'

유고는 주변의 나무들을 둘러봤다.

13년 동안 풍경이 많이 달라졌을 것을 염려했지만, 과거를 그대로 되감은 듯 이 숲에는 변화가 없었다.

이대로 그 지하로 이어지는 입구까지 예정대로 도착한다면, 아마 내일 낮에는 골디 펀드에 들어갈 수 있을 것이다.

그 '더듬이 꼬마'가 밀렵자에게 잡혀간 지 하루가 지나려 한다. 부디 '사냥' 날과 겹치지 않으면 좋으련만, 하고 유고는 마음속으로 빌었다.

유고는 허름한 코트에 싸여 웅크린 소년을 힐끔 보았다.

처음부터 자기가 협력했다면 지금 상황은 달라졌을까.

"쯧…."

그때 이렇게 했다면, 다른 선택을 했더라면, 하는 생각은 언제나 자신을 괴롭혀 왔다.

생각해 보면 GB에 있을 때부터 그랬다.

그렇게 발끈하지 말걸, 하고 생각할 만한 일로 걸핏하면 루카스와 대립했다. 그래도 그 시절에는 대수롭지 않은 싸움으로 끝날 뿐이었다.

그런 날들이 계속될 거라고 믿고 있었는데.

기억이 그다음으로 넘어가기 시작하는 것을 유고는 막을 수 없었다. 이 여행을 하다 꾼 꿈 때문이다. 형제들의 꿈. 그 마지막 광경.

해가 저물어 어스름의 색이 짙어지는 하늘을 유고는 조용히 노려봤다.

내가 골디 펀드로 가자는 말만 하지 않았다면.

그 비밀 사냥터에서 좀 더 잘 싸웠다면. 그 인간 사냥꾼 레우위스를 쓰러뜨릴 작전을 세울 수 있었다면.

아무도 죽지 않았을 텐데.

형제들의 웃음소리는 아직 내 곁에 있을 텐데.

"……."

유고는 이 숲을 도망쳐, 황야를 지나, 셸터로 돌아온 날의 일을 떠올렸다.

지하로 가는 비밀 입구를 눈앞에 두었을 때, 멍한 머리로 깨달았다.

나는 혼자다.

한손에 움켜쥔 조끼도, 남은 장갑도, 펜도, 이 셸터에 있는 것은 모두 유품이 되어 버렸음을 알았다.

고함을 지르며, 벽에 커다랗게 'Poachers(밀렵꾼)'라는 글자를 썼다. 복수를 맹세하며 베어 내듯이 글자를 직직 긋던 것이 어제 일처럼 떠오른다.

하지만 어떤 증오도 고독의 아픔을 지우기에는 부족했다.

그날부터 혼자만의 시간이 시작되었다.

하루, 일주일, 한 달, 1년. 그렇게 떠들썩하던 2층 침대가 늘어선 침실에서 유고는 고독에 목이 졸리듯 잠들고, 모두 꿈이었으면 하는 바람을 짓밟히며 아침을 맞기를 거듭했다.

'HELP'.

바닥에 웅크리고 앉아, 증오를 새긴 벽에 힘없이 그 글자를 적었다. 힘없는 독백은 하루하루 그 수가 늘어갔다. 그렇게라도 하지 않으면 미쳐 버릴 것만 같았다.

도와줘.

누가 나를 도와줘.

그 목소리에 응답하는 자는 없다. 대신 머릿속에서 형제들의 목소리가 울리기 시작했다.

'너만이라도 도망가!'

'어서!'

'가! 유고!'

"…하지 마, 그만둬."

죽지 마. 나를 위해 희생 같은 거 하지 마.

"그만! 그만해!!"

좁은 방을 울리는 환청에 비명을 지르고 머리카락을 쥐어뜯다가, 정신이 들면 바닥에 쓰러져 있었다. 그런 일이 시간이 갈수록 점점 잦아졌다.

형제들이 나를 살렸다. 그러니 형제들 몫까지 반드시 싸워 살아남아야 한다며 분연히 떨쳐 일어나는 날이 있는가 하면, 아무 기력도 없어 온종일 웅크리는 날도 있었다.

혼자 살아남은 운명을 저주했다. 이럴 바에는 처음부터 동료도, 희망도, 인정도 아무것도 없는 편이 나았다며 신을 원망하기도 했다. 그런 것은 티끌만큼도 바라지 않겠다고, 생각하고 또 생각하면서.

떨쳐지지 않는 후회를 거듭하고 끝없이 자신을 저주하며 시간을 보냈다.

무슨 일을 해도 고독했다.

그것은 그 탈주로부터 꼭 10년을 헤아리는 날이었다.

"매일 굴 속에서만 지내다 보면 우울해지잖아."

빛이 사라진 눈동자로 유고는 그 목소리를 들었다. 그것은 마치 곁에 있는 것처럼, 고개를 들면 마주 웃어 줄 것 같은 거리에서 들려왔다.

"하루를 마치면서 다 같이 약간의 호사를 누리는 거야."

"그렇…지… 다이나…."

천천히 일어서서 유고는 어질러진 테이블을 정리했다. 거기에 다 같이 다과회를 할 때 쓰던 찻잔을 놓고, 쿠키를 차렸다.

홍차를 우리니 향기가 방을 가득 채웠다. 그 순간 형제들 모두의 목소리가 되살아났다. 다 같이 하우스를 탈옥한 것을 축하하며, 그래도 이제부터다, 여기서부터라며 미래에 희망을 품고 이야기를 나누던 그날의 광경이 눈앞에 펼쳐졌다.

그러나 이내 환상은 사라지고 아무도 없는 현실의 테이블이 그곳에 남았다.

모니터의 기계가 가동하는 희미한 소리만 울리고 있었다. 유고는 그 정적에 절망했다.

"왜, 어째서 나만…."

유고는 차려놓았던 찻잔을 모두 쓸어 버리고, 웃음소리가 사라진 테이블에 매달려 울었다.

바닥 위로 홍차가 흐르고, 추억어린 찻잔은 깨졌다.

* * *

깨지는 찻잔 소리에 유고는 정신이 들었다.

"아…."

발밑에서 요란한 소리를 내며 깨진 잔을 유고는 눈을 휘둥그레 뜨고 바라봤다. 발 옆에, 예쁜 무늬가 그려진 파편이 흩어져 있다.

식당이 한순간 침묵에 감싸였다.

"유, 고…."

유고는 흠칫 놀라 고개를 들었다.

거기에는 당장 울음을 터뜨릴 듯한 다이나의 얼굴이 있었다.

"…윽."

유고는 떠밀리기라도 한 듯 루카스의 멱살을 놓고, 식당을 뛰쳐나갔다.

"기다려, 유고!"

다이나가 부르는 소리가 들렸지만 무시하고 복도를 달려, 현관 밖으로 나갔다.

밖은 폭우가 내리고 있었다. 유고는 잠시 주저했지만 그대로 달려 나갔다. 나가자마자 빗줄기가 얼굴을 때리고 어깨가 젖어 들었다. 그래도 개의치 않고 계속 달렸다.

숨을 헐떡이고, 무작정 팔을 휘두르며 유고는 하우스에서 멀어졌다.

발밑에서 깨진 컵과 슬퍼하는 다이나의 표정을 뿌리치려는 듯이.

'내가 뭘 한 거람.'

이러려던 게 아닌데, 하고 유고는 차오르는 호흡 사이로 생각했다.

평소처럼 돌아가려고 하면 할수록 일은 생각한 방향과는 정반대로 흘러가 버린다. 거기서 순순히 루카스가 한 일을 칭찬했다면. 아무리 화가 나도 멱살을 잡아서는 안 됐는데. 그랬다면 그 컵이 깨지지도 않았을 텐데.

그림책을 보면서 이렇게 다과회를 하고 싶다고 이야기하던 다이나의 표정이 떠올라 유고는 이를 악물었다.

숲속으로 들어서자 바로 발밑이 흔들거렸다.

진흙탕을 뛰어넘고 나무뿌리를 피했다. 그래도 달리는 동안 신발 속까지 물이 스며들었다. 물에 젖으니 발은 더 무거워졌다.

"기다려, 유고!"

그때 뒤에서 빗소리를 가르며 목소리가 따라왔다.

유고는 흠칫 놀라 돌아봤다.

역시 비에 흠뻑 젖은 루카스가 나무 사이에 서 있었다.

"뭐 하는 거야, 유고. 다들 얼마나 놀랐다고."

깨진 찻잔 때문에 화가 났을 줄 알았던 루카스는 오히려 걱정스러운 듯 말을 걸었다. 그것이 유고를 더욱 비참하게 만들었다.

"내버려 둬!"

유고는 빗소리에 지지 않으려고 외쳤다.

"너 같은 녀석하고 상관없잖아!"

루카스는 유고가 내뱉은 말의 의미를 이해 못 한 채 눈썹을 올렸다.

"무슨 소리…."

"언제나 주변을 잘 살피고, 다이나가 가장 원하는 게 뭔지 알아차리고!"

유고는 젖어서 달라붙는 머리카락을 성가신 듯 쳐냈다.

"가족들에게 제일 사랑받는 너 같은 건!"

"뭐?!"

루카스의 눈이 휘둥그레졌다.

"무슨 소릴 하는 거냐고!"

이번에는 루카스가 고함을 지를 차례였다. 데리고 돌아가려 했을 때는 차분했지만, 저도 모르게 언성이 높아졌다.

"네가 더…."

루카스는 잠시, 이어지는 말을 입에 담기를 망설였다.

"네가 더, 언제나 다들 너를 더 의지하고, 언제나 모두의 중심에 있었어… 다들 너를 제일 신뢰한단 말이야!"

분명 형제들에게 누가 리더인지 물으면 모두 자기가 아니라 유고를 가리킬 거라고 루카스는 줄곧 생각했다. 형이나 누나들도 언제나 유고를 한 수 높이 보고 있었던 것이다.

하지만 그것은 인정하기 분한 일이기도 했다.

서로에게 외치는 두 사람의 목소리를 지워 버리듯 빗줄기는 더욱 거세졌다. 바람이 불어 닥쳐, 어느새 숲은 폭풍 속처럼 변해 있었다.

유고는 루카스의 반론을 순순히 받아들일 수 없었다.

“그게 무슨 소리야!”

뿌리치고 다시 숲속으로 들어가려 했다. 그것을 루카스가 쫓아갔다.

“기다려!”

“이거 놔!”

루카스의 팔을 뿌리치는 순간, 빗물로 질척거리는 흙에 발이 걸렸다. 유고는 얼른 발을 굳게 디디려 했지만 밟은 자리의 돌이 흔들, 하고 움직였다.

“아!”

팔을 붙잡힌 채 자세가 무너졌다.

“유고!”

두 소년은 맨땅이 그대로 드러난 비탈을 굴러 떨어졌다. 대수로운 높이는 아니지만 돌이 많은 장소다.

"아야야…."

유고가 감았던 눈을 뜨니 회색 하늘에 비가 줄기를 긋고 있었다. 입 안에서 흙 맛이 난다. 그제야 함께 떨어진 상대를 떠올리고 퍼뜩 놀랐다.

"루카스!"

힘차게 일어나려 하니 발이 찌릿하게 아팠다. 내려다보니 바지가 찢어지고 그 속에 살이 크게 벗겨져 상처가 나 있었다. 피가 스며 나오는 상처 자체는 얕지만, 떨어지는 도중에 돌 같은 것에 심하게 부딪혔는지 얼얼한 아픔이 더 강했다.

유고는 그보다 루카스의 안부를 확인했다. 루카스는 진흙투성이가 된 모습 그대로 옆에 주저앉아 눈을 휘둥그레 뜨고 있었다.

"루카스, 괜찮아?!"

숨을 헐떡이며 묻는 유고를 보고 루카스는 웃음을 터뜨렸다.

"하하, 네 꼴이 더 굉장하다, 야."

루카스는 허둥대는 친구를 가리키며 웃었다. 그 반응에 유고는 맥이 풀렸다.

"뭐?"

"얼굴 말야! 온통 진흙 범벅이야!"

"아니, 너도 똑같잖아!"

유고는 태평스레 웃는 루카스에게 되받았다. 루카스는 완전

히 웃음보가 터졌는지, 눈물까지 고인 눈을 닦았다.

"진짜 운동 신경은 좋으면서 왜 이럴 땐 이렇게 요란하게 넘어지냐?"

"이 자식이!"

유고는 덤벼들려 했지만, 싸움을 더 하고 싶어도 일어서면 한쪽 발이 욱신욱신 아팠다. 루카스는 셔츠 자락을 꽉 짜고 소매로 얼굴을 닦고는 유고에게 손을 내밀었다.

"자, 이제 돌아가자."

루카스의 손을 빌려 유고는 일어섰다.

"내 자업자득이잖아, 내버려 둬."

삐딱한 소리를 하는 유고에게, 루카스는 잠시 입을 다물었다가 짧게 말했다.

"싫어."

"뭐?!"

입을 앙다문 루카스의 표정은 어릴 때부터 변함이 없었다. 자기가 옳다고 생각할 때, 절대 물러나지 않을 때의 얼굴이다.

루카스는 말을 이었다.

"나만 돌아가면 분명히 모두에게 혼날 거야. 니콜라스한테도, 존한테도, 애니랑 마이크, 에리카한테도."

유고는 형제들의 이름을 하나하나 대는 루카스를 올려다봤다.

"다이나한테도."

그렇게 말하고 루카스는 과장되게 어깨를 으쓱해 보였다.

"다들 말이지, 네가 없으면 안 된다고 생각한단 말이야."

루카스의 말을 유고는 이번에는 잠자코 들었다. 루카스는 진흙투성이가 된 얼굴로 웃었다.

"왠지 몰라도, 네가 있으면 다 괜찮을 거란 생각이 들거든. 틀림없이 즐거울 거라고. 뭐든지 잘 될 거라고 말이야."

유고는 가장 인정받고 싶은 상대가 해 주는 말을 이제야 겨우, 제대로 받아들일 수 있었다.

그것은 모두 루카스에게만 적용되는 말이라고 생각했는데. 고집을 부리고 비굴하게 굴며 언젠가 이 녀석을 앞지르고 말겠다고 생각했는데.

쏟아지는 빗줄기가 계속 얼굴을, 볼을 타고 턱으로 흘러 떨어진다.

"야, 뭐냐 그게!"

"유고?"

유고는 허탈한 듯, 그래도 후련해진 기분으로 위를 쳐다보며 웃었다. 구름이 흘러가 잠시 푸른 하늘이 보였다. 하여간 끝까지 루카스는 루카스다.

유고가 하늘을 올려다보는 바람에 부축하던 루카스도 끌려가 비틀거렸다.

"어, 야! 뒤로 넘어지겠어!"

"시끄러, 부축이나 잘 해!"

"에잇, 진짜 놔두고 갈까 보다!"

뿌리치려는 루카스에게 유고는 목을 조를 기세로 매달렸다.

머리부터 온몸이 흠뻑 젖고 신발도 바지도 진흙투성이다. 그래도 하우스를 뛰쳐나올 때보다 훨씬 몸이 가볍고 기분은 상쾌했다.

잎사귀 위로 빗물이 튄다. 어느새 그토록 거세게 쏟아지던 비도 그치기 시작했다.

숲을 빠져나오자 루카스가 '앗' 하는 소리를 냈다. 유고도 그 시선이 향하는 곳을 봤다.

하우스 위에 커다란 무지개가 걸려 있었다.

* * *

루카스의 입에서 흘러 나오는 말을 들으니 엠마도 그리운 하우스의 나날이 떠올랐다.

날씨에 따라 달라지는 숲속의 공기와 나무그늘의 습도. 복도에 울리는 발소리, 식당의 그 냄새. 그날 밤 자신의 손으로 불을 질러 모든 것을 버리고 탈옥한 곳.

도망치지 않으면 죽고 마는 사육장이었지만 10년 넘게 정든

집에는 소중한 추억이 가득했다.

엠마는 컵을 손으로 감쌌다. 다 마신 컵에는 아직 희미한 온기가 남아 있었다.

"루카스와 아저씨는 하우스에 있을 때부터 가장 좋은 친구였구나."

그래, 하고 루카스는 미소 지으며 말했다.

"너도 그런 형제가 있겠지."

"응…."

엠마는 끄덕였다. 빈 컵을 향해 눈을 내리깔고, 그것이 반은 과거형이 되어 버렸다는 말은 차마 못 한 채. 가장 신뢰하며 서로 어깨를 기댈 수 있는 형제 중 한 사람은, '있었다'는 표현을 쓸 수밖에 없어졌다.

"홍차, 맛있었어요. 잘 마셨습니다."

엠마는 빈 컵을 놓았다. 뒷정리를 하려는 엠마에게 루카스는 한손을 들었다.

"아, 괜찮아. 정리는 내가 할 테니까 푹 쉬어라."

엠마는 끄덕이고 웃는 얼굴로 말했다.

"안녕히 주무세요."

엠마가 떠나고 이야기 소리가 사라지자 방에는 다시 풍차가 움직이는 소리만 조용히 울리기 시작했다. 이 소리도 이제 완전히 귀에 익었구나, 하고 루카스는 의자에 기대어 생각했다.

눈을 감으니 그 소리는 추억 속의 빗소리로 바뀌어 갔다.

* * *

빗방울이 작아지면서 점차 하늘이 밝아졌다. 구름 사이로 햇살이 비스듬히 내리쬔다.

식당 건물이 보이기 시작하자 마침 그 타이밍에 문이 열렸다. 우산을 쓰고 타월을 끌어안은 엄마가 이쪽으로 다가왔다. 엄마 모르게 뛰쳐나왔다고 생각했지만 아무래도 일찌감치 들켰던 모양이다. 엄마는 화가 났다기보다 기가 막히다는 얼굴로 두 사람을 보고 있었다.

"빗속에 뛰쳐나가다니, 이제 어린아이도 아니면서."

"미안해요, 엄마."

그때 유고가 발을 절고 있다는 것을 알아차리고 엄마는 갑자기 당황했다.

"어머, 큰일 났네. 유고, 발을 다친 거니? 얼른 치료해야겠다."

평소에는 당황하는 법이 없던 엄마가 다급한 어조로 말하자 유고와 루카스는 눈이 동그래졌다. 그러고는 얼굴을 마주 보고 웃음을 죽인다.

GB의 작은 진료소에서 발을 치료한 후 둘 다 옷을 갈아입고 돌아오니 밖에서는 동생들이 기다리고 있었다.

"유고, 루카스!"

등 뒤에 감추고 있던 것을 힘차게 앞으로 내민다.

"자! 이거!"

"어, 이게 뭔데?"

받아든 유고는 고개를 갸우뚱했다. 도화지를 접고 구부려서 만든 그것은 편지 같았다. 루카스도 옆에서 안을 보았다.

"헤헤. 다과회 초대장이야."

펼친 편지에는 크레용으로 삐뚤빼뚤하게 '식당으로 모이세요'라고 적혀 있었다. 유고는 훗, 하고 미소 지었다.

"그럼 식당으로 가야겠네."

"유고, 발 다친 거야?"

"손 잡아 줄게!"

두 손을 각각 잡혀 유고는 식당으로 향했다.

문을 열자 식당은 좀 전에 유고가 봤을 때보다 한층 아름답게 장식되어 있었다. 그리고 테이블에는 그 티 세트가 놓여 있었다.

다이나는 포트에 더운물을 따르는 중이었다. 홍차 향기가 온 식당으로 퍼져간다.

"굉장하지!"

"그 그림책 같지 않아?"

모여든 형제들이 입을 모아 말하며 유고를 에워쌌다.

"응, 굉장하다."

애써 시트까지 걷어 와 테이블보처럼 만든 모양이다. 하얀 테이블 위에 찻잔이며 꽃을 놓으니 평소 식사할 때 사용하는 곳과는 전혀 다르게 보였다.

유고는 그중 하나, 금간 찻잔이 있는 것이 눈에 들어왔다.

"아… 그건."

자기가 깨뜨린 컵이라는 것을 알았다. 유고의 표정이 흐려지니, 곁에 있던 존이 알려 주었다.

"니콜라스가 수리해 줬어."

존의 말에 니콜라스는 쑥스러운 듯 머리를 긁었다.

"아무래도 완전히 원래대로는 안 됐지만, 그래도 이렇게…."

형제가 준비해 둔 꽃 한 송이를 그 잔에 꽂고 물을 부었다.

"물이 새진 않아!"

주위에서 칭찬하는 말과 웃음소리가 흘러넘친다. 그 가운데에서 유고는 미안한 듯 눈썹을 떨궜다.

"고마워, 니콜라스. 미안해, 다이나. 소중한 컵을 깨뜨려서."

이제야 겨우 하고 싶던 말이 순순히 입 밖으로 나왔다. 다이나는 미소 지었다.

"아냐, 신경 쓰지 마."

그것보다, 하고 다이나는 주위에 모인 형제들을 둘러보고는 숨을 크게 들이마셨다. 이어 소리를 모아 웃으며 외쳤다.

"유고, 시험 만점 축하해!"

식당에 울리는 말을 듣고 유고는 눈을 커다랗게 떴다.

"어?"

유고는 주위를 둘러봤다. 그 옆으로 루카스가 다가와 웃음을 지었다.

"그걸 축하하자고 다이나가 다과회를 기획한 거야. 모두들 몰래몰래 도와줬고."

"응, 제일 많이 거든 사람은 루카스였지만."

유고의 눈이 휘둥그레졌다. 말이 나오지 않았다.

유고는 다이나가 하고 싶어 했다는 '다과회'를 성공시키고 싶었다. 그래서 쿠키를 상으로 요청했던 것이다. 하지만 다이나가 '다과회'를 열고 싶어 한 것은 유고를 위해서였다. 유고의 가슴속에 말할 수 없는 따스함이 번져 갔다.

장식을 준비한 형제들은 자랑스럽게 서로 마주 보며 웃었다. 도서관에서 잠들어 버렸던 에리카와 마이크도 이제는 깨어 자리를 함께 하고 있다.

"아, 유고를 붙잡아 두려고 했는데!"

"우리가 깨 보니까 자고 있지 뭐야."

유고는 그 때문이었음을 깨달았다. 이제 생각해 보니 모두 앞뒤가 맞는다.

"고마워… 나는 또."

그렇게 말하려던 유고의 목소리와 다이나의 목소리가 겹쳐진다.

“유고, 미안해.”

“응? 왜 다이나가 사과하는 거야?”

의아해하는 유고에게 다이나는 쓴웃음을 지으며 설명했다.

“내가, 유고한테 들키면 안 된다는 생각만 하고 루카스랑 같이 피하기만 해서.”

“아냐, 괜찮아.”

신경 안 써, 하고 말을 이으려 했지만 아무리 변명을 해도 지금까지의 행동을 생각하면 그런 말이 나오지 않았다.

“…놀라게 해 주려고 한 거니까.”

어깨를 으쓱하는 유고에게 다이나는 부드럽게 고개를 저었다.

“그래도 내가 그런 일을 당했다면 분명 ‘다들 나만 따돌리네, 어떻게 된 거지?’ 하며 섭섭하고 불안했을 테니까.”

다이나는 더운물을 담은 찻주전자를 들어올려, 찻잔에 천천히 홍차를 따랐다.

그것을 받침 접시와 함께 유고에게 살짝 내밀었다.

“이제부터는 무슨 일이든지 다과회를 열어서 축하하자.”

“무슨 일이든지?”

“그래. 매일매일, 사소하게 기쁜 일이 있으면 이렇게 다 같이 축하하는 거야.”

식당에 모인 형제들을 둘러보며 다이나는 제안했다.

"서프라이즈가 아니어도 좋아. 특별한 일이 없어도, 다 같이 모여서 웃고 싶을 때 하는 거야. 어때?"

"와, 그거 좋다!"

"너무 근사해!"

형제들은 다이나의 제안에 고개를 끄덕였다. 유고 역시 다이나의 그 아이디어에 이끌리듯 웃음으로 답했다.

"다이나답네."

그때 식당 문이 열리고 모두가 고개를 돌렸다. 들어온 사람은 엄마였다.

"자, 이건 유고가 부탁했던 상이란다."

그러면서 커다랗고 둥근 깡통을 테이블 가운데 놓았다.

아이들이 그 깡통을 에워싼 가운데 뚜껑이 열린다.

"다 같이 먹을 수 있는 많은 쿠키!"

깡통 안에는 여러 가지 모양을 한 쿠키가 빈틈없이 빼곡 들어차 있었다. 견과류, 잼, 초콜릿 칩이 박힌 것도 있었는데, 하나같이 달콤한 냄새를 풍기며 보기만 해도 먹음직스러웠다.

"우와!!"

"굉장해!"

"맛있겠다!"

차례로 환성을 지르는 아이들. 그 얼굴이 유고를 향한다.

"유고, 고마워!"
많은 손이 깡통 가득 담긴 쿠키를 향해 뻗었다.
"헤헤… 응!"
유고도 그중 하나를 웃으며 입으로 가져갔다.

* * *

달콤한 맛과 향이 기억과 함께 입 안에 되살아났다.
문득 공복감이 느껴졌다. 며칠을 나무 열매와 말린 짐승 고기밖에 못 먹었다. 그러고 보니, 하고 유고는 코트 주머니에 손을 넣었다.
손수건에 돌돌 싸인 그것은 셸터를 떠나기 전에 그 '더듬이 꼬마'의 동생들이 준 것이었다. 빵 아니면 휴대용 식량이겠지.
'이건 아저씨 거야.'
'엠마랑 레이를 많이 도와줘.'
구역질나는 소리라고 냉정하게 말했지만 어느새 억지로 주머니에 찔러 넣었던 모양이다. 하여간 방심할 틈이 없다니까.
얼른 먹어치워야지, 하고 유고는 손수건 꾸러미를 펼쳤다.
그 안에 들어 있던 것은 쿠키였다.
"응…?"
유고는 놀라 눈을 크게 뜨고, 저도 모르게 소리 내어 중얼거렸다.

“뭐지, 이건…?”

그렇게 말하자마자, 자신이 정신을 잃었던 사이의 일이 눈앞에 그려졌다.

그 꼬맹이들이 하는 짓으로 보아, 어차피 이건 아저씨 몫이라며 조금 덜어 뒀을 것이다. 가까이 오지 말라고 했으니 쭉 주지 못한 채 갖고 있었을 테고.

안에는 작게 접은 쪽지도 들어 있었다. 유고는 펼쳐서 그 글자를 따라가며 읽었다.

‘아저씨에게. 조금밖에 못 넣어서 미안해. 엠마와 레이를 잘 부탁해.’

삐뚤빼뚤 연필로 쓴 글자는 동생들이 써 준 그 ‘초대장’을 떠오르게 했다.

“…진짜 바보 같은 꼬마들이라니까.”

밖으로 쫓아내려 하고, 심지어 죽이려 한 어른에게.

유고는 쿠키를 집었다. 그날 먹지 못한 그것을 입으로 가져갔다.

눅눅하고 푸석푸석했지만 입 안에 달콤한 맛이 퍼졌다. 유고는 그 그리운 맛을 천천히 씹어 음미했다.

“아아… 맛있다.”

저녁놀 빛은 어느덧 사라지고 주위는 밤의 시작을 알리는 어

스름에 감싸여 있었다.

어디선가 부엉이 소리가 들렸다.

잡혀가기 직전, 그 '더듬이 꼬마' 엠마가 한 말은 정곡을 찔렀다.

'꼭 닮았던 거지? 지금의 나와 아저씨가. 우리 가족과 아저씨의 동료들이.'

그렇다. 그 셸터에 엠마 일행이 들어왔을 때, 잃어버린 것이 다시 한번 앞에 나타난 기분이 들었다.

사실은 그날 밤, 유고는 스스로 목숨을 끊을 생각이었다.

이제 한계였다.

하루, 또 하루, 아무도 없는 셸터에서 지내는 것은 자기 때문에 가족이 죽었다는 사실을 떠올리고 또 떠올리는 것이나 다름없었다. 그날 밤 유고는 모든 것을 끝내기로 결단했다.

쿠키 깡통과 금이 간 찻잔을 테이블에 놓았다. 그리고 권총도.

'이제 허락해 줘.'

나도 그쪽으로….

방아쇠를 당기기 직전, 목소리가 들렸다.

머릿속에 울리는 동료들의 목소리는 아니었다. 하지만 밝은 아이들의 목소리였다. 13년 만에 듣는, 현실의, 사람 목소리였다.

유고는 줄곧 멈춰 있던 시간이 다시 움직이는 것을 느꼈다.

처음에는 쫓아낼 생각이었다. 이제 죽을 생각이니까. 동료도 희망도 정도, 그런 것이 다시 눈앞에 얼씬거리는 것은 싫었다. 두 번 다시 뭔가를 잃는 것은 사절이었다.

'그렇게 생각했는데….'

유고는 입 안의 달콤한 것을 곱씹었다. 어느새 다시 다른 사람을 돕기 위해 총을 들고 일어서 있다.

셸터의 그 지옥 같은 고독은 시끄러운 아이들의 목소리에 지워졌다.

이제는 왜 나만 남았을까, 하고 운명을 저주할 마음은 들지 않는다. 그때도 죽지 않아서 다행이라고 생각했다. 만약 조금만 방아쇠를 일찍 당겼다면 그 셸터에 찾아온 아이들이 맨 처음 발견하는 것은 시체였을 테니까.

죽지 말라고 말해 준 걸까?

유고는 한쪽 손을 내려다봤다. 이 장갑의 주인은 그런 녀석이다.

'그때도 나를 도망시키고 그 아이는 희생됐지.'

모두 그렇다. 니콜라스도, 존도, 다이나도. 모두 그 생명을 이어 주듯 희생되어 갔다.

"…고맙다."

그 '다과회' 사건 직후에 다이나에 대한 감정을 루카스에게

들켰다.

“너 진짜야? 좋아하면 얼른 그렇다고 하지!”

“바보야… 그런 말을 어떻게 해, 루카스!”

서로 장난을 치던 그 시절이 그립다. 유고는 눈을 내리깔고 조용히 웃었다.

언젠가는 전하려 했지.

이 탈옥이 성공하면, 모두 인간 세계로 갈 수 있다면. 그렇게 생각하는 동안 다이나는 결코 손에 닿을 수 없는 곳으로 끌려가 버렸다.

유고는 하늘을 올려다봤다.

하얗고 얇게 보이던 달은 그 위치를 바꾸어, 총을 쥐고 있는 손에 부드러운 빛을 떨구고 있었다.

그 시절처럼 천진한 연심은 이제 희미해졌다. 13년이다. 유고는 다시금 그 세월을 돌이켜봤다.

그저 다시 한번 만나고 싶다는 생각뿐이었다.

죽지 않은 것은, 동료들이 맡긴 목숨이라고 생각했기 때문이다. 하지만 그것과는 다른 감정 또한 쭉 가슴속에 있었다. 만약 자기가 죽어서 다시 만난다 해도, 동료들을 볼 낯이 없었다. 골디 펀드로 가자고 하지 않았다면 아무도 죽지 않았을지 모르니까. 자신이 그 선택을 하지 않았다면. 동료들에게 도움을 받지 않았다면….

그 누구도 자신을 두 번 다시 만나고 싶어 하지 않을지도 모른다.

그래서 만나고 싶다고 비는 것 자체를 꺼려 왔다.

나뭇가지 사이로 비치는 달을 향해, 유고는 눈을 살며시 감고 낮은 목소리로 중얼거렸다. 오늘 밤만은 괜찮지 않을까, 하고 갈라진 목소리가 새어 나온다.

"…그 녀석들을, 만나고 싶어…."

밤의 장막이 드리워지는 가운데, 레이는 살짝 눈을 뜨고 그 중얼거림을 듣고 있었다.

그것은 '자기 때문'에 소중한 존재를 잃어 온 인간의 진실한 목소리였다. 레이는 잠시 눈을 뜨고 자기 손 언저리를 보고 있었지만 다시 가만히 눈을 감았다.

* * *

루카스는 눈꺼풀을 들었다. 어느새 테이블에 엎드리듯 잠들어 있었다. 몸을 일으키고 목을 주물렀다.

좀 전까지 하우스 이야기를 하고 있어서일까.

오랜만에 유고의 꿈을 꿨다.

골디 펀드에서 싸웠을 때처럼 총을 들고, 그러나 자신과 같은 나이가 되어 있는 친구의 모습이 꿈에 나왔다. 하지만 꿈의

기억은 흐릿했고, 얼굴이나 옷차림 같은 것이 어땠는지 이내 생각나지 않게 되었다.

"그것참 이상하네…."

같은 나이니까 살아 있다면 지금의 자신과 같은 연령이라는 것을 머리로는 알지만, 상상 속의 유고는 마지막으로 만났을 때의 모습 그대로 머물러 있었다.

13년. 흘러간 세월의 길이에 루카스는 믿어지지 않는다는 듯 탄식했다.

분명 그 녀석이라면 살아 있을 거라고 굳게 믿으면서도, 혹시 자기 혼자만 살아남았다면, 하고 생각하니 사무치는 외로움에 몸을 가눌 수가 없을 정도였다.

그래도 루카스에게는 이 골디 펀드에서 얻은 가족이 있다. 그들이 자기를 믿고 따라 주었기에 오늘까지 함께 살아올 수 있었다.

하지만 엠마 일행이 찾아올 때까지 셸터에는 유고 혼자뿐이었다. 루카스는 친구가 보냈을 시간을 상상했다.

무려 13년이다.

얼마나 길었을까.

살라는 말과, 동료들 모두의 몫을 짊어진 목숨이었다. 그렇게 생각하면 아무리 고독해도 뒤따라갈 수 없었을 거라고 쉽게 상상할 수 있었다. 그 녀석은 그런 녀석이니까. 모두가 유고를 믿고 따랐던 것은 유고가 누구보다도 동료들을 소중히 여기고 책임감이 있기 때문이었다. 그는 신뢰받고 있었다.

루카스는 이 사냥터에서 살아남은 자의 괴로움을 지긋지긋할 만큼 보아 왔다. 그래도 오늘까지 동료들의 목숨을 짊어지고 살아남아 준 것이다.

"이 사냥터를 끝내고, 반드시 다시 만나자…."

다이나의 몫까지. 니콜라스, 존, 에니, 마이크, 모두의 몫까지.

다시 만나면 무슨 말을 할까. 서로 헤어져서 싸워 온 지난 13년을 표현할 수 있을 인사는 떠오르지 않았다.

'그 녀석은 뭐라고 말할까….'

머리는 잘 돌아가면서 정작 중요한 말은 제때 못 하는 녀석이다. 재치 있는 말 같은 것은 자기보다 더 못 하지 않을까. 그런 상상을 하며 루카스는 웃었다.

다이나에 대한 유고의 감정을 안 것은 그 다과회 직후였다.

"좋아하면 얼른 그렇다고 하지!"

분명 그러면서 웃었을 것이다. 소년 시절의 천진하던 대화가 그리움으로 떠오른다.

어떻게 말해, 하던 유고도 설마 영원히 그 감정을 가슴속에 묻게 될 줄은 꿈에도 몰랐으리라.

그들에게 평온한 새 출발은 오지 않았다.

"도망가자."

아무도 잃지 않고 GB를 떠날 수 있었던 것은 유고가 있었기 때문이다.

그 비 오던 날, 서로 어깨동무를 하고 하우스로 돌아가면서 유고와 약속했다.

만약 가족에게 무슨 일이 생길 경우에는 우리가 구하자고.

반드시 함께.

하우스의 진실 같은 것을 그때는 몰랐다. 하지만 가족이 곤경에 처하는 일이 생기면 둘이서 돕기로 맹세했다.

지금 생각하면 참으로 자신만만했다. 그때는 자기들이 힘만 합치면 뭐든지 이루어 낼 수 있을 것만 같았다. 가장 믿음직스런 상대에게 가장 신뢰받고 있다는 것을 알았으니 말이다.

유고가 있었기에 루카스와 동료들은 그만큼이나 싸워 낼 수 있었다. 그 마음은 패배한 후에도 변함이 없었다.

루카스는 컵에 남은 마지막 한 모금을 마셨다.

"'다과회'라…."

다시 한번 그렇게 가족끼리 한 테이블에 모여 보내는 시간을 얼마나 꿈꾸었던가.

생각해 보면 다이나 본인이 그 셸터의 '다과회' 같은 존재였다.

사냥이나 전투처럼 살아남기 위해 반드시 필요한 일은 아니지만 그 시간이 있느냐 없느냐에 의해 살아간다는 것의 의미는 달라진다.

그것을 알고 있었기에 다이나도 그 쿠키에 메시지를 남긴 것이다.

'모두 사이좋게 즐거운 다과회를.'

아무리 가혹한 상황에서도 동료들과 함께 웃을 수 있는 한때를.

루카스는 의자에 기대어, 아직 방에 희미하게 남은 홍차 향기를 들이마셨다.

"참 즐거웠지…."

정말 즐거운 나날이었다.

무엇 하나, 이제 결코 되찾을 수 없을 거라고 생각했다. 그곳에서 함께 웃던 모두와 두 번 다시 만날 수는 없을 줄만 알았다.

하지만 모두 잃은 것은 아니었다.

루카스는 왼손을 들어올렸다. 검은 장갑을 낀 주먹을 굳게 쥔다. 공교롭게도 지금 그 나머지 한짝은 친구의 손에 끼워져 있다.

"살아 있어 줘서 고맙다."

그때 유고의 어깨를 부축해 주었던 오른팔은 이제 없다. 지팡이를 의지해 걷는 자신이 얼마나 도움이 될지는 알 수 없다.

그래도 지금 살아 있다. 우리는 살아남은 것이다.

포기하지 않고 계속 걸어온 두 개의 길이, 이제 곧 교차할 것이다.

약속의 네버랜드

THE PROMISED NEVERLAND

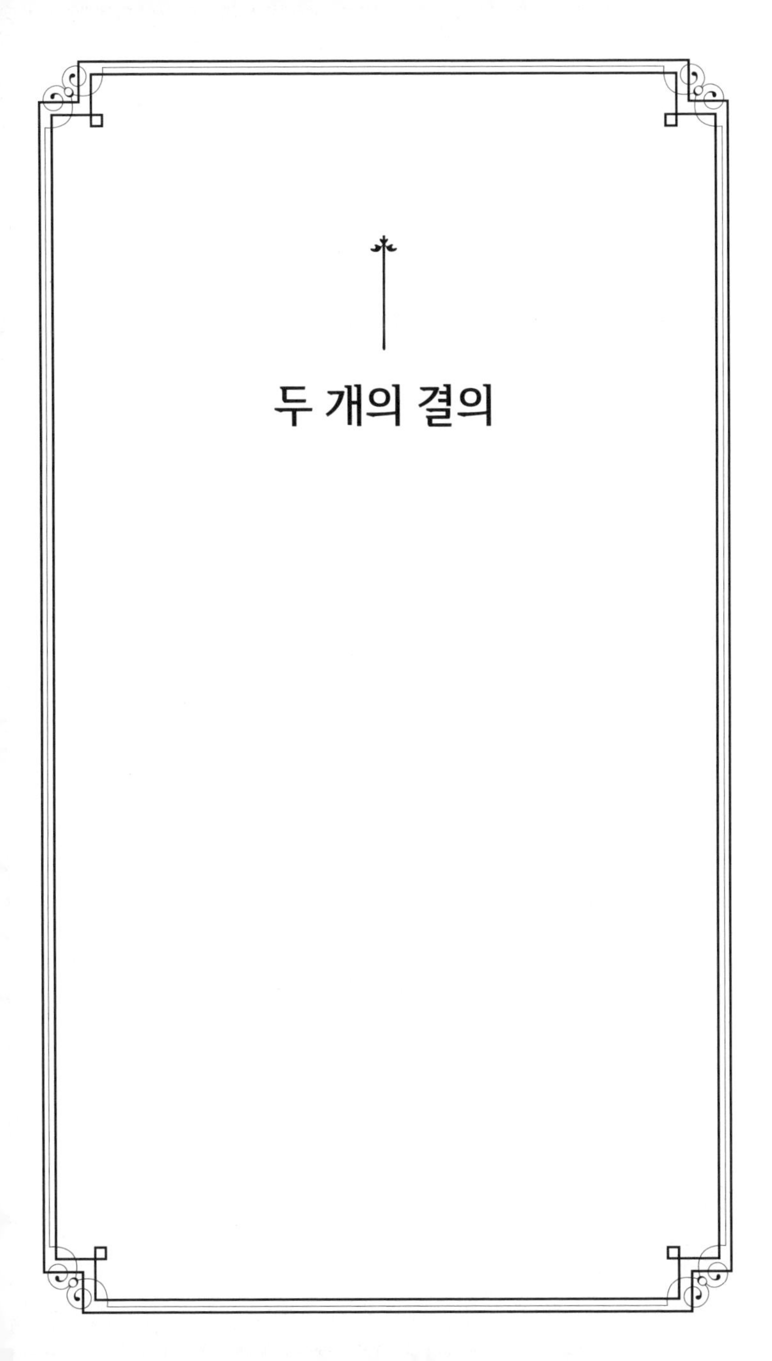

두 개의 결의

정신을 차리고 보니, 모르는 거리에 있었다.

벽돌이 깔린 길가에 알록달록한 색깔의 집들이 늘어서 있다. 그러나 모두 텅 빈 것이, 마치 장난감 집 같다. 문에는 커다랗게 'WELCOME'이라는 글자. 색색가지 풍선과 깃발로 장식되어 있는데도 어쩐지 으스스한 느낌이 든다. 저 멀리 커다란 풍차가 보였다.

"여긴 어디지…?"

소녀의 목소리가 텅 빈 거리에 울렸다.

그때 길가에 서 있는 간판이 눈에 띄었다.

〈RULES〉

1. MUSIC

2. MONSTERS

3. SURVIVE

그 글귀를 읽은 나이젤은 함께 걷고 있던 여동생을 끌어당겼다.

"뭐지, 이건…?"

"이게 뭐야?"

그 목소리에 비로소, 가까이에 모르는 아이 둘이 있는 것을 깨닫았다.

자매일까? 불안한 얼굴로 그 간판을 보고 있었다. 중얼거린 것은 좀 더 어린 쪽이다. 어깨에 닿을락말락한 길이로 가지런히 자른 단발머리가 찰랑인다.

"이쪽이야! 이리로 모여!"

또렷한 외침 소리가 들려 나이젤도, 그리고 질리언도 흠칫 놀라 얼굴을 마주 보았다. 여기저기서 그 목소리를 따라 모르는 아이들이 모여들었다.

"모두 내 말 들어."

자신보다 조금 나이가 많아 보이는 소년이 광장을 둘러보며 목소리를 높였다.

GV(그랜드 밸리) 농원의 각기 다른 사육장에서 비밀리에 '출하'된 식용 아이들이 오늘도 사냥터에 풀린다.

이야기를 하는 도중에 우웅, 하는 기계음이 울렸다. 피에로 모양이 장식된 스피커가 가동한다.

음악이 울리기 시작했다.

* * *

저녁 식사 후, 엠마는 질리언에게 풍차 내부의 안내를 받았다.

"후아… 이렇게 배불리 먹은 게 얼마만인지 몰라."

"루카스처럼 엠마는 '밖'에서 여기로 왔으니까. 그것도 '탈주자'라니! 굉장해."

아냐, 엠마는 고개를 저었다.

"하우스를 나온 것도, 골디 펀드를 찾아온 것도 나 혼자 힘으로 한 건 아니니까."

엠마는 그렇게 말하고 숲속에 있을 '아저씨'와 레이를 생각했다. 빨리 합류할 수 있다면 좋겠지만 지금은 이곳의 작전이 우선이다.

"그렇구나. 그래도 엠마가 우리 동료로 들어와서 든든해."

질리언이 그렇게 말했을 때 뒤에서 달려오는 발소리가 들렸다.

"아, 여기 있었구나!"

"나이젤."

바로 몇 시간 전에 만난 상대였지만 나이젤은 워낙 붙임성이 있어서, 이미 오랫동안 함께 지낸 듯 편안하게 느껴졌다. 원래 엠마 역시 낯을 가리는 성격은 아니다.

나이젤은 엠마에게 말을 걸었다.

"네가 가진 총 좀 보여 줄래?"

"응?"

엠마는 가지고 다니는 소형 총을 꺼냈다.

"이거?"

셸터를 떠날 때 무기로 가져온 것이다. 소형이며, 같은 사이즈의 권총만 한 위력은 없지만 총구가 넷 있고 각각 다른 기능을 하는 특수 총이다.

나이젤은 총을 받아들고 흥미로운 듯 겨눴다.

"갖고 있는 걸 봤을 때부터 이게 궁금했거든."

이리저리 뜯어보며 "흐흠, 그렇군…." 하고 중얼중얼 혼잣말을 한다. 다시 엠마를 보고 나이젤은 물었다.

"이 총, 잠깐만 빌려도 돼?"

"응."

순순히 대답한 엠마의 옆에서 질리언이 싱긋 웃었다.

"나이젤은 그런 거 빌려 가면 다 분해해 버리는데~?"

"뭐?!"

엠마는 깜짝 놀라 나이젤을 봤다. 나이젤은 곧이듣는 엠마의 얼굴을 보고 웃었다.

"아냐 아냐. 그냥 구조를 좀…."

"그것 봐."

질리언이 깔깔 웃었다. 그리고 좋은 생각이 났다며 손뼉을 쳤다.

"기왕 빌려주는 김에, 엠마도 나이젤의 작업실에 가 보자."

"작업실?"

좁은 문을 열고 안으로 들어가니, 그곳에는 헤아릴 수 없이 많은 무기가 가득 들어차 있었다.

"와, 굉장해!"

온 방 안에 총과 부품들이 쌓여 있고, 방 중앙의 작업대 위에는 자잘한 부품이 공구와 함께 놓여 있었다. 셸터에서 본 무기고처럼 질서정연하게 정리한 것이 아니라, 모두 언뜻 보기에는 선반이나 바닥의 나무 상자에 아무렇게나 들어 있었다. 기계 기름 냄새가 방 전체에 배어 있다.

노출된 톱니바퀴가 머리 위에서 천천히 돌아간다.

"나이젤, 이 모양인데도 용케 뭐가 어디에 있는지 아는구나."

무기와는 별도로 설계도와 잡다한 메모 등도 상자에 쑤셔 박혀 있어서, 그중 하나를 질리언이 들어올렸다. 나이젤은 고개를 저으며 반박했다.

"완벽하게 정돈되어 있는 거거든."

"어디가?"

질리언은 어깨를 으쓱했다.

주위를 둘러보던 엠마는 작업대 위에 처음 보는 형태의 총이 놓여 있는 것을 알아차렸다.

"굉장하다! 이거 네가 개조한 총이야?"

가리키는 엠마에게 나이젤은 끄덕였다. 무거워 보이는 총을 들어올렸다.

"맞아. 잡아 볼래? 총알은 안 들었으니까."

손에 든 총을 엠마에게 건넸다. 어떤 구조로 되어 있는지 엠마는 모르지만 본래의 총에 부품을 추가하고 복잡한 장치를 덧붙인 것 같다.

"그래도 8년 걸려서 이만큼밖에 못 만들었지만."

"하지만 대단해…. 귀신의… 그 괴물들의 가면을 파괴할 수 있는 무기라니."

한정된 부품을 사용해서, 지혜를 짜내고 연구를 거듭해 만들어 낸 총이다. 엠마의 머리에 발신기를 무력화하는 장치를 만들어 준 친구의 모습이 스쳤다.

"내일 소냐네랑 총 훈련을 한다고 했지? 엠마도 쓸 수 있을 만한 총을 몇 개 골라 두는 게 어떨까?

"응."

이런 건 어때? 하고 나이젤은 작업대에 작은 총을 늘어놓았다.

엠마는 총을 들어 보면서, 이것을 사용할 때는 결전의 순간이 될 것임을 새삼 느꼈다.

"그러고 보니 바이올렛한테 들었는데."

"응?"

나이젤은 총을 정리하며 엠마에게 말을 걸었다. 바이올렛은 이곳 GP에 온 엠마가 맨 처음 만난 소녀다.

“낮에 GP 아이들을 도와줬다며?”

“굉장해. 온 그날에 바로.”

질리언도 그렇게 말했지만 엠마의 표정은 어두워졌다.

“…응, 그래도.”

총을 내려놓고, 참을 수 없는 것을 삼키듯 입을 열었다.

“테오의 형제는… 구하지 못했으니까.”

혼자 웅크리고 앉은 테오의 모습이 엠마의 머릿속에 새겨져 있다.

분함을 감추지 못 하는 엠마를 보고, 나이젤과 질리언은 눈을 내리깔았다. 그 눈동자에서 빛이 사라졌다. 먼저 입을 연 사람은 나이젤이었다. 중얼거림이 툭 떨어졌다.

“알아.”

질리언도 조용히 입을 열었다.

“여기서는 쭉 그랬으니까. 모두들 생각해. 좀 더 일찍 그 괴물들과 싸웠더라면….”

엠마는 두 사람을 바라봤다. 조금 전까지의 밝은 기색은 자취를 감추고, 고통에 가득한 표정으로 변해 있었다. 나이젤은 주먹을 내려다봤다.

“매일, 1초라도 빨리 그 녀석들에게 복수하고 싶다는 생각을

해. 하지만 이길 수 있는 조건이 갖추어질 때까지 우리는 기다린 거야.”

엠마는 그 말을 묵묵히 듣고 있었다.

좀 전에 작전 설명을 들었을 때, 여기 있는 동료들이 얼마나 긴 시간을 어떤 마음으로 견뎌 왔을까 생각했다.

이곳 골디 펀드는 귀족 귀신들이 숨겨진 부지 안에 농원에서 빼돌린 식용아를 풀어 놓고, 금지된 ‘사냥’을 즐기는 곳이다.

그런 환경에서 인간에게 승산은 없다. 압도적인 적의 힘 앞에서는 그저 ‘사냥’의 시간 동안 도망치는 수밖에 없다.

그 현실을 이제 골디 펀드의 동지들은 부숴 버리려 한다.

몰래 무기를 만들고 준비를 진행하면서, 아무것도 하지 않는 시늉을 하여 적을 방심하게 만들었다.

무력한 인간이라고 믿게 하는 것은 대체 얼마나 괴로운 나날이었을까.

“이제야 싸울 수 있게 됐어.”

나이젤은 곱씹듯이 중얼거렸다.

“그 녀석의 원수를 갚을 수 있어….”

“응… 이제야, 정말.”

엠마는 눈앞의 두 사람을 바라봤다. 서글서글하고 밝게 웃는 얼굴 뒤에는 수많은 감정이 감추어져 있음을 새삼 느꼈다.

“질리언도 나이젤도… 쭉 그런 마음을 억누르며 지내 왔구나.”

엠마의 말을 듣고 나이젤은 쓴웃음을 띄웠다. 겸연쩍은 듯 모자를 고쳐 썼다.

"아, 쭉 그런 건 아니었지만."

"어, 응, 그렇지."

질리언도 다시 어깨를 으쓱하고 끄덕였다. 그 말과 표정의 의미를 알 수 없어서 엠마는 고개를 갸우뚱했다.

"응?"

나이젤은 작업용 의자를 삐걱이며 과거를 이야기했다.

"한 번, 나랑 질리언 둘이서 괴물들에게 복수하려 한 적이 있었어."

나이젤의 말에 질리언도 쓰게 웃으며 중얼거렸다.

"루카스랑 올리버의 말을 안 듣고 멋대로 그 녀석들을 공격하려 했거든."

"뭐?!"

두 사람이 밝힌 사실에 엠마의 눈이 휘둥그레졌다.

오늘 처음 만났지만 루카스를 중심으로 이곳에 있는 아이들의 결속은 강해서, 그렇게 계획을 수포로 만들어 버릴 행동을 할 줄은 몰랐다.

"그 후로 이렇게 시간이 걸렸던 거야."

나이젤은 손을 머리로 가져가, 이제는 몸의 일부 같은, 금이 간 고글 테를 어루만졌다.

"…길었지."

질리언 역시 그때를 떠올리며 눈을 살포시 감았다. 그녀의 모자에는 웃는 피에로가 수놓아져 있었다.

* * *

골디 펀드의 하늘은 오늘도 그림으로 그린 듯 무기질적인 연한 파란색이었다.

알록달록한 집이 늘어선 광장에서 아이들은 식사를 나누기도 하고, 서로 이야기를 하기도 했다. 누군가 농담을 했는지, 그 아이 주위에 웃음소리가 피어올랐다.

순간, 그 자리에 있던 아이들의 표정이 달라졌다.

비명을 지르며 숲속으로 도망가는 아이, 무슨 일인지 영문을 모르는 아이, 그중에서도 냉정하게 반응하는 아이가 몇 있었다.

"시작됐구나."

올리버는 곁에 있던 폴라와 잭에게 눈짓을 하고, 혼란에 빠진 아이들에게 말을 걸었다.

"침착하게 잘 숨으면 괜찮아! 한곳에 모여 있지 말고!"

이 '사냥터'의 선배 팀은 허둥대는 아이들이나 영문을 모르고 우두커니 서 있는 아이들에게 적절한 지시를 내렸다.

"오빠… 무서워."

나이젤은 손을 잡고 이동하던 라라의 목소리에 시선을 돌렸다.

겁먹은 얼굴로 올려다보는 여동생에게 나이젤은 불안을 억누르고 웃음을 지어 보였다.

"라라, 괜찮아. 걱정하지 마. 오늘도 꼭 끝까지 도망갈 수 있을 테니까."

어린 여동생은 떨고 있었지만 오빠의 말에 고개를 끄덕였다. 나이젤은 다시 한번 손을 꽉 고쳐 잡고 숲속으로 들어갔다.

"반드시… 도망치고 말겠어…."

음악이 일정 멜로디를 연주한 후 뚝 끊어졌다.

이 밝은 선율을 그날부터 얼마나 무섭고 끔찍하게 여기며 증오했던가.

"질리언, 기다려!"

음악을 듣고 숲속으로 뛰어든 질리언은 뒤에서 따라오는 언니를 돌아보았다.

"언니, 뭐 하고 있어?"

언니 에밀리아는 가까운 나무로 손을 뻗어, 잘 보지 않으면 알 수 없을 만큼 조그만 표시를 새기고 있었다.

"덫에 대한 데이터를 얻으려고."

그렇게 말한 에밀리아는 숲속의 통로와 표시의 위치를 확인해 갔다.

"…좋아, 이번에는 반드시 여기를 지나갈 테니까…."

에밀리아는 '사냥' 후 숲속에 남은 발자국을 꾸준히 기록으로 남기고, 어떤 괴물이 어느 위치에서 사냥을 시작하고, 부지 안을 어떻게 움직이는지 조사해 왔다.

할 수 있는 한 규칙성을 찾아내, 언젠가 완벽한 덫이 완성됐을 때 성공 확률이 가장 높은 장소에 설치할 수 있도록 한다. 그러기 위해 들키지 않는 범위에서 시뮬레이션을 하고 있었다. 나중에 확인하고 예측한 방향 그대로 괴물이 들어왔다면 성공이다.

"이걸로 마지막이니까…."

에밀리아가 나무에서 물러났을 때, 공기를 울리던 멜로디가 그쳤다.

"언니, 어서 도망가야지."

질리언은 주위를 둘러봤다. 언제 그 괴물들이 자신들이 이곳에 있다는 걸 알아차릴지 모른다.

질리언은 평소에는 그렇게 안 보이면서 이럴 때 발휘되는 언니의 냉정함과 용감함에 놀랐다. 자기는 아주 잠시라도 발을 멈추기 싫은데.

불안해 보이는 동생의 목소리에 에밀리아는 웃음을 머금고 끄덕여 주었다.

"응, 가자."

두 사람은 숲속으로 달리기 시작했다.

여느 때와 같은 시간에 '사냥'의 끝을 알리는 음악이 흘렀다.

서로 겹쳐진 나무와 나무 사이의 뿌리, 그곳에 숨어 있던 나이젤은 얼굴을 내밀고 주위를 확인하려고 일어섰다. 여동생 라라도 힘차게 뛰어나왔다.

"진짜 못 찾았네!"

"어때? 내가 말했지?"

나이젤은 의기양양하게 코를 쓱 훔쳤다.

마음을 푹 놓고 집이 있는 방향으로 돌아갔다. 라라는 벽돌이 깔린 광장을 달렸다. 광장에는 구호반이 언제나처럼 다친 아이들을 치료하고 있었다.

"어… 소피가 없어…."

라라는 근처를 둘러보고 중얼거렸다. 소피는 라라와 친한 아이다. 나이젤도 아이들의 얼굴을 확인했지만 소피는 보이지 않았다.

"가서 찾아볼게!"

"어, 라라."

라라는 지쳐 있을 텐데도 광장에서 달려 나갔다. 나이젤은

황급히 뒤를 쫓았다.

좀 떨어진 곳에 삼삼오오 모여 있는 아이들의 얼굴을 하나하나 확인했다. 골디 펀드에는 많은 아이들이 있지만, 그래도 전원을 다 확인하는 데 그다지 시간은 걸리지 않는다.

라라는 마을 어귀에 멈춰, 뒤따라오던 오빠를 돌아보았다.

"어떡해 오빠… 소피가 어쩌면 아직 숲에 있는지도 몰라. 다쳐서 못 움직이는 걸까…? 아니면, 어쩌면."

"라라."

나이젤은 소피가 없는 '원인'을 열심히 꼽아 보는 동생 앞에 무릎을 꿇었다. 눈높이를 맞추고, 서글픈 미소를 지었다.

"…이제 소피는 돌아오지 않아."

나이젤은 어린 여동생에게 그렇게 말했다. 라라는 아까부터 줄곧 이를 악물고 커다란 눈을 동그랗게 뜬 채 눈물을 참고 있었다. 동생도 알고는 있는 것이다.

"이젠 못 만나…?"

중얼거린 순간 동생의 눈에서 굵은 눈물방울이 떨어졌다. 나이젤은 잠자코 끄덕였다.

여기서 살아남는다는 것은, 누군가가 없어진다는 뜻이다.

"윽, 으… 흑, 훌쩍."

나이젤은 울음을 터뜨리는 동생에게 어떻게 말을 걸어야 할지 몰랐다. 붙임성이 좋은 동생에게 친구를 사귀지 말라고 할 수도 없었다. 그러나 친해진 아이는 또 이렇게 없어지고 만다. 나이젤도 아이들 모두를 지킬 수는 없다.

한동안 함께 쪼그리고 앉아 머리를 쓰다듬어 주다가, 나이젤은 문득 생각난 듯 말을 걸었다.

"라라, 이쪽으로 와 볼래?"

"?"

손을 잡고 나이젤은 풍차가 있는 쪽으로 갔다. 평소에는 잘 가지 않는 풍차 뒤로 조금 더 걸어갔다.

나이젤은 무성한 덤불을 헤치고, 그 뒤의 널따란 곳을 가리켰다.

"봐."

"우와… 클로버가 가득해!"

그곳에는 클로버 꽃밭이 펼쳐져 있었다. 나이젤은 꽃에 대해 잘 알지는 못했지만 동생이 GV에 있던 시절부터 이 식물을 좋아한다는 것을 알고 있었다.

"네잎 클로버도 있을까?"

꽃이나 잎을 따기 시작하자 그 얼굴에서 눈물은 사라졌다. 열심히 꽃을 꺾어 화관을 만들고, 라라는 오빠를 올려다보며 웃었다.

"나 이거, 소피한테 줄래."

"응?"

나이젤은 동생이 꺼낸 말에 놀랐다. 라라는 아직 눈에 눈물이 고인 채, 그래도 이를 드러내며 웃었다.

"다음번엔 행복하게, 많이 많이 살 수 있으면 좋겠다고."

"…그렇구나."

씩씩한 동생의 말에 나이젤은 끄덕였다.

나이젤이 태어나고 자란 GV는 언젠가 떠나야 한다는 것이 아쉬울 만큼 아늑하고 좋은 곳이었다. 그래도 떠나야 하는 날은 찾아왔다. 새 집으로 간다는 말을 듣고 끌려온 곳이 여기였다.

처음에 올리버나 소냐로부터 이곳에 대한 설명을 들어도 무슨 뜻인지 몰랐다. 다 같이 술래잡기를 하는 줄만 알았다.

하지만 정말 괴물은 존재했다.

가면을 쓴 거대한 모습이 나무들 사이로 처음 보였을 때의 오싹 소름끼치는 감각은 좀체 잊히지 않아, 아직도 가끔 꿈에 나타나기도 한다. 자신도 떨림이 멎지 않았으니 여동생 라라가 느꼈을 공포는 대체 어느 정도였을까, 하고 나이젤은 생각했다.

첫 번째 '사냥'에서 여동생과 함께 살아남고, 그제야 이곳이 사느냐 죽느냐 하는 우리 안이라는 실감이 들었다.

나이젤은 기계에 해박한 점을 높이 평가받아 올리버 팀의 동료로 뽑혔다. 동료들은 지급품인 무기를 보여 주고, 위력을 끌어올릴 방법 같은 아이디어를 요구했다.

하우스에 있던 시절부터 기계 만지는 것을 좋아했다. 그렇다고 총기에 관한 것까지 상세히 알지는 못했지만, 분해해서 독학하며 기능을 파악해 갔다.

괴물들은 몸에 총탄이 박혀도 금세 상처를 재생할 수 있다.

"약점은 가면으로 가려진 눈 속이다."

그들을 쓰러뜨릴 방법을 가르쳐 준 사람은 루카스였다. 그가 이 골디 펀드에서 얻은 정보를 통해 가면의 경도나 그것을 꿰뚫는 데 필요한 위력을 고려하여 수없이 시험을 했다.

그러는 동안 많은 생명이 희생되어 갔다.

나이젤은 구하지 못한 동료들을 생각했다. 소피만이 아니다. 괴물에게 희생되기 전에, 이 사냥터의 현실을 못 견뎌 스스로 목숨을 끊어 버린 아이들도 있다.

'언젠가… 반드시….'

나이젤은 주먹을 굳게 쥐었다.

반드시 이 사냥터를 끝장내고 동생과 함께 안전한 '인간의 마을'을 찾아가야지.

음악이 울리고 질리언은 그 자리에 주저앉았다.

'끝났다….'

거친 숨을 헐떡이면서 질리언은 온몸의 긴장을 풀었다. 벌써 몇 번이나 맛봤지만, 그래도 이 음악이 울리고 '사냥'이 시작될 때와 끝날 때는 언제나 강하게 죽음을 의식한다.

오늘이야말로 나는 죽을지도 모른다.

오늘도 간신히 살아남았다.

질리언은 일어서기 위해 무릎을 땅에 짚었다. 떨리는 손을 맞잡고, 숨을 크게 내쉬며 고개를 들었다.

이리저리 뛰어다닌 다음이라 피곤하긴 하지만 다치거나 아픈 곳은 없었다.

나는 무사해. …나는.

"……."

질리언은 오늘의 '사냥' 동안 있었던 일을 떠올렸다.

'아직 어린 아이였는데….'

질리언은 등 뒤에서 울리던 비명을 떠올리고 눈을 질끈 감았다.

구하려 했다면 할 수 있지 않았을까, 하고 이제는 소용없는 상상이 머리에서 떠나지 않는다. 자신을 미끼로 내주고, 그 사이에 쫓기는 아이를 도망가게 했다면….

질리언은 고개를 저었다.

그런 짓을 할 수 있을 리 없다.

술래잡기는 GV에 있을 때부터 장기였다. 아무한테도 잡히지 않고 멋지게 도망치는 것이 자랑거리였다. 하지만 그것이 여기서는, 미처 도망치지 못한 누군가를 외면하는 행위나 다름없다.

"……."

올리버 팀의 동료가 되고 괴물에게 이기기 위한 계획에 대한 질문을 받았을 때, 질리언은 그게 무슨 말인지 알 수 없었다.

물론 머리로는 이해하고 있었다.

그 인간 사냥꾼 괴물들을 방심하게 만들고, 자신들을 아무것도 못 하는 약한 토끼라고 여기게 한다. 그것밖에는 다가올 반란을 성공시킬 방법이 없다는 것을 질리언은 수긍했다.

하지만 그것은 즉, 그날이 올 때까지 그저 자기들은 무방비로 얻어맞아야 한다는 뜻이다. 동료들 중 누군가는 계속 희생된다는 뜻이다.

후우… 질리언은 한숨을 쉬고, 잠겨 가던 생각들을 털어냈다.

"언니를 찾아야겠다…."

같이 도망치고 있었지만 도중에 헤어져 버린 것이다.

질리언은 숲을 빠져나가 광장 쪽까지 돌아갔지만 거기에도 언니의 모습은 보이지 않았다. 삼삼오오 모인 아이들의 얼굴을 확인했다. 아는 아이에게 물어도 봤지만, 못 봤다는 대답만 돌아왔다.

'어디로 가 버린 거지….'

두근, 하고 심장이 불길한 소리를 냈다. 질리언은 잰걸음으로 길을 따라 달렸다. 집 하나하나를 들여다봐도 언니의 모습은 찾을 수가 없었다. 아무리 늦다 해도 이제는 숲에서 돌아와 있어야 할 시간이다.

'어떡하지….'

혹시 도중에 괴물들이 언니를 덮쳤다면.

아까 들은 비명이 언니의 목소리로 되살아났다. 질리언은 몸을 떨었다. 벽돌이 깔린 길에 서서 자기 다리의 그림자를 봤다.

이대로 두 번 다시 못 만난다면.

"질리언."

그때 뒤에서 말을 거는 소리에 질리언은 펄쩍 뛰어오르듯 돌아섰다.

거기에는 언니 에밀리아가 서 있었다.

"언니!"

다친 기색도 없는 언니의 모습에 질리언은 어깨의 힘이 탁 풀렸다.

"다행이다… 무슨 일이라도 있는 줄 알았어…."

"미안. 숲의 발자국을 둘러보느라 시간이 많이 걸렸네."

"그랬…구나."

질리언은 안도의 한숨을 내쉬었다. 마음이 놓이자 눈물이 흘러내릴 것 같아서, 그걸 보여 주지 않으려고 짐짓 화난 표정을 지었다.

"뭐야! 암만 그랬다고 해도 너무 늦잖아!"

"미안해. 그래도 대성공이야! 이것 봐, 루체는 오늘 장치한 덫의 위치를 예측대로 지나갔거든."

에밀리아는 노트를 펼쳐, 거기 그려진 오늘의 발자국 위치를 보여줬다.

"이쪽은 노우스와 노우마고. 이쪽도 거의 예상대로야."

"와, 굉장해!"

"그래도 바이욘과 레우위스는 실패였어… 특히 레우위스는 전혀 움직임이 읽히질 않아."

에밀리아는 까다로운 표정을 짓고 고개를 저었다.

레우위스라는 이름을 듣자 질리언의 몸이 굳어졌다. 검은 외투를 입고 모자를 쓴 그 모습이 떠오른다.

등 뒤에서 울린 비명은 아마 레우위스가 누군가를 사냥할 때 일어난 외마디 소리였음을 알 수 있었다. 미끼가 되어 도망가는 방법이 통하지 않으리라 생각한 것은 적이 괴물들 중에서도 격이 너무나 다르기 때문이었다.

그것을 스스로에 대한 변명으로 삼고 있다는 생각이 들어 질리언은 고개를 떨궜다.

"…돌아가자… 나 피곤해…."

늘 밝은 동생이 말없이 걷고 있다는 것을 깨닫고 에밀리아는 말을 걸었다.

"질리언?"

걱정하는 듯한 언니의 목소리에 질리언은 나직이 중얼거렸다.

"…언니가 살아 있어서 다행이야."

동생의 옆얼굴을 보고 에밀리아는 눈을 내리깔았다. 희미하게 입가에 미소를 머금는다. 동생이 무슨 말을 하고 싶어 하는지 에밀리아도 알 수 있었다.

"응. 나도, 질리언이 오늘도 무사해서 다행이야."

"그래도 누군가의 가족은, 형제는 오늘 또… 죽어 버렸겠지."

동생의 중얼거림을 듣고 에밀리아는 무슨 말을 하려는 듯 입을 열었다가 다시 다물었다.

두 사람은 무거운 발걸음으로 광장을 향해 돌아갔다.

"질리언."

문득 에밀리아가 말을 꺼냈다. 푹 수그린 채 자기 발끝만 보던 질리언은 고개를 들었다.

에밀리아는 옷 호주머니를 뒤지다가 꺼낸 것을 질리언에게 내밀었다.

"이거 줄게."

한쪽 손을 잡고 억지로 쥐어 주듯 건넨 것은 동그란 천조각이었다.

"아, 와펜이다."

손 안에는 언니가 직접 만든 피에로 모양 와펜이 있었다.

이 만들어진 마을에는 피에로 모티브가 여기저기 장식으로 쓰인다. 깃발이나 커튼 중에도 피에로 무늬가 들어간 것이 있다.

에밀리아는 그것을 잘라 내어 수를 놓거나 테두리를 둘러 언제나 와펜으로 만들곤 했다.

질리언은 그 명랑한 피에로의 얼굴을 보고 문득 중얼거렸다.

"귀여워."

어둡던 얼굴이 와펜에 이끌리듯 후훗, 하며 웃는 얼굴로 바뀐다. 에밀리아는 기쁜 듯 물었다.

"신작이야. 마음에 드니?"

"…응!"

고마워, 하고 질리언은 작은 목소리로 덧붙였다.

"왜 그런 걸까? 내가 만들면 언니처럼 귀엽게 되질 않더라."

"그럴 리가 있나. 이것 봐, 질리언이 만든 건… 음… 너다운 맛이 있다고 할까."

"그게 무슨 칭찬이야!"

잔뜩 볼멘소리를 하는 질리언에게 에밀리아는 즐거운 듯 소리높여 웃었다.

“진짜 그렇지 않다니까. 난 질리언이 만들어 준 와펜이 제일 맘에 드는걸.”

에밀리아의 가슴에는 질리언이 만든 와펜이 달려 있었다. 질리언 본인은 그것이 썩 마음에 들지 않았다. 언니가 언제나 열쇠 모양으로 된 펜던트를 달고 있기 때문에, 그것과 한 세트를 이루도록 자물쇠 모양을 만들려 했다. 하지만 자수는 삐뚤빼뚤했고, 사이즈도 너무 작아져 버렸다.

“다른 사람한테도 또 만들어 주면 어때?”

에밀리아는 그렇게 제안했다. 그리고 활짝 웃으며 밝은 어조로 말을 이었다.

“이렇게 사소한 일 하나로도 웃을 수 있게 되잖아?”

언니의 말을 질리언은 마음속으로 곱씹어 봤다.

여기는 끔찍한 곳이다. 하지만 이런 곳에서도 에밀리아는 ‘누군가를 웃게 할 수 있는 일’을 찾아낼 줄 아는 정신을 갖고 있다. 그런 언니가 질리언은 좋았다.

“응! 나도 많이 만들게.”

더 많이 연습해야겠다며 질리언은 언니가 만들어 준 와펜을 들여다봤다.

‘어디에 달까? 모자에 달아도 예쁠 것 같아.’

이런저런 생각을 하는 질리언을 에밀리아는 옆에서 걸으며 바라보고 살짝 웃었다.

질리언은 이 사냥터에 처음 끌려왔을 때의 절망을 잘 기억하고 있다.

현실을 받아들일 수 없었다. 왜 자기들이 이런 일을 당해야 하는 걸까 생각했다.

행복한 새 집이 맞이해 주는 줄만 알았다. 함께 자란 친구들과 헤어지기는 섭섭했지만, 혼자 떠나는 것은 아니었다. 언니도 함께 갈 수 있다는 것을 알고 질리언은 떠나는 날을 손꼽아 기다리고 있었다.

그러나 끌려 온 곳은 괴물들을 위한 사냥터였다.

사냥꾼은 가면을 쓴 괴물.

사냥감은 인간.

붙잡히면… 죽는다.

꿈에 그리던 생활은 무너져 버리고, 아무리 돌아가고 싶다고 빌어도 다시는 원래 있던 곳으로 돌아갈 수 없었다.

손재주가 뛰어났던 언니가 올리버 팀의 일을 거들게 된 것은 사냥터에 온 지 얼마 되지 않아서였다.

와이어나 용수철 등 한정된 재료로 여러 가지 덫을 고안하고, 괴물들이 알아차리지 않도록 실험해 왔다.

덫에 대한 아이디어나 제작도 그렇지만 에밀리아가 다른 동료들보다 뛰어난 점은 지칠 줄 모르는 끈기였다. '사냥' 때마

다 괴물들의 움직임에 관한 정보를 수집하고, 분석해서 계획의 정밀도를 높인다. 질리언은 언니의 노트에 여러 가지가 빽빽하게 적힌 것을 알고 있다.

"나는 질리언처럼 운동 신경이 좋지도 않고, 총도 잘 다룰 줄 모르니까."

에밀리아는 그렇게 말하며 어깨를 으쓱했었다.

"그러니까 다른 데에서 힘이 돼야지."

마치 자기가 하는 일은 다른 사람들에 비하면 보잘것없다는 것처럼 말했지만 질리언은 그렇게 생각하지 않았다.

정신이 아득해질 만큼 길고 지루한 작업을 포기하지 않고 계속하는 언니를 질리언은 존경했다.

'직접 말로 하지는 않았지만….'

질리언은 함께 자란 언니를 곁눈질하며 후훗, 하고 웃었다.

이대로 계획을 실행할 날이 다가올 때까지 언니도 자신도 살아남을 수 있을 거라 생각했다.

오늘까지 괜찮았어. 내일도, 모레도, 틀림없이 괜찮을 거야.

절망을 알리는 밝은 음색이 울려 퍼진다.

광장에서 아이들이 뿔뿔이 흩어져 사라졌다. 나이젤도 라라와 함께 언제나처럼 숲으로 도망쳐 들어갔다.

그날도 나이젤은 당연히 잘 도망칠 수 있을 거라 생각했다.

설령 그것이 누군가 다른 동료를 희생시키는 결과로 이어지더라도.

언젠가 거머쥘 승리를 위해, 상대가 완전히 방심할 때까지 저항 없이 때리는 대로 맞는, 그런 싸움을 계속하는 거라고 나이젤은 이제 각오를 굳히고 있었다.

그러나 여동생 라라는 달랐다.

"헉, 헉, 후우…."

나이젤은 달리면서, 숨기에 적합한 덤불을 찾았다. 분명 저쪽 키 작은 나무숲은 뿌리 근처의 땅이 움푹 패어 있어서 몸을 숨기기 쉬웠다는 것을 떠올렸다. 바람 방향도 문제없었다.

"라라, 저기 숨을 수 있겠어."

"응."

잎사귀 그늘에 몸을 숨기자 나이젤도 라라도 길게 숨을 토했다.

호흡을 가다듬는 사이, 나이젤은 다음 이동 장소 후보를 생각했다. 한 곳에 너무 오래 머무르는 것은 위험하다. 포위됐을 때 도망칠 수 없게 된다. 괴물들이 가까이 오기 전에 다시 달리기 시작해야 한다.

나이젤이 머릿속으로 현재 위치와 숲의 지도를 대조하고 있을 때였다.

"끼야아아아아악!"

등 뒤에서 절규 소리가 들렸다.

덩달아 '헉' 하고 비명을 지를 뻔한 동생의 입을 얼른 막았다. 나이젤은 덤불 속에서 몸을 웅크렸다. 가만히 나뭇잎 사이로 확인했다.

커다란 괴물의 등이 여럿 보였다. 하지만 거리는 충분하다. 여기 있다는 것을 들키지는 않을 것이다.

"아, 아아아아, 살려 줘어어!!"

찢어지는 목소리가 공기를 갈랐다.

"봐. 살려 달라고 하잖아?"

깔깔대는 웃음소리에 섞여 말소리가 들렸다. 둔탁한 소리에 이어 다시 숨이 끊어질 듯한 비명이 울렸다. 그 괴물의 목소리는 들은 기억이 있다.

'루체다.'

나이젤은 이를 악물었다. 다른 괴물에 비하면 조무래기지만 '사냥'보다는 고문을 하며 즐기는 것이 목적인 최악의 상대다.

또 한 차례, 길게 비명이 울린다. 나이젤보다 어린 동료가 눈앞에서 얻어맞고 있는 것이다.

'제길…!'

나이젤은 증오에 일그러진 표정으로 주먹을 불끈 쥐었다.

나이젤은 그것이 자기들을 끌어내기 위한 함정이라는 것을 알고 있었다.

한방에 숨통을 끊을 수 있으면서, 이렇게 고통을 주고 소리치게 해서 다른 아이가 나오는 것을 즐기고 있다. 마지막에는 괴롭히던 아이도, 그 소리를 듣고 나온 아이도 모두 가지고 놀다 죽여 버린다.

그러므로 구하러 나가서는 안 된다.

그때 나이젤은 자기 손이 젖어 있는 것을 알아차리고 흠칫 놀랐다. 끌어안고 있던 여동생을 내려다봤다.

동생은 애써 비명을 참으며, 그 커다란 눈에서 눈물을 뚝뚝 흘리고 있었다.

"구…주, 자."

"라라…?"

"구해, 주자… 너무 불쌍해…!"

소리를 내면 안 된다는 것을 알기 때문에 라라는 코도 훌쩍이지 않고, 가느다란 목소리로 그렇게 말했다.

나이젤은 눈을 크게 떴다.

하지 않으면 안 되는 말을, 입에 담으려 한다.

'이건 저 녀석들의 함정이야.'

'지금 구하러 나가 봤자 우리만 위험해질 뿐이야.'

그러니까 여기 숨어서, 동료가 얻어맞는 것을 보고도 못 본 척하는 수밖에 없다고.

나이젤은 굳어지는 입술을 억지로 끌어올렸다.

'그런 오빠는….'

너무 초라하잖아.

"알았어."

그러지 말아야 한다고, 머릿속에서는 경종이 울리고 있었다. 자기만 위험에 처하는 것이 아니다. 떨어져 있으면 라라한테도 위험이 미칠 가능성이 있다. 그러나 나이젤은 동생에게 웃음 지으며 말했다.

"라라는 여기 있어. 절대 나와선 안 돼?"

"응!"

라라는 눈물에 젖은 얼굴로 크게 끄덕였다. 나이젤은 몸을 낮춘 채 발소리를 내지 않도록 그늘을 따라 이동했다.

몸을 가려 주던 덤불 뒤에 거대한 그림자가 숨어 있다는 것을 나이젤은 미처 모르고 있었다.

질리언은 숲속을 달렸다.

자신보다 비스듬히 앞쪽을 언니 에밀리아가 지나간다.

"지난번 발자국으로 생각하면…."

이번 '사냥'에서도 또 에밀리아는 나무에 표시를 하고 있었다. 질리언은 언니가 작업을 하는 동안 주변에 주의를 기울였다.

"언니, 바람 방향이 바뀌었어. 이건 발소리일지도…!"

질리언이 귀를 기울이며 그렇게 말하려던 때였다. 숲속에 비명이 울려 퍼졌다. 질리언과 에밀리아는 동시에 어깨를 움찔하고 몸을 긴장시켰다. 외침 소리가 들린 방향으로 시선을 향했다.

"가까워…."

질리언은 꿀꺽, 하고 침을 삼켰다. 비명은 적이 가까이 왔다는 뜻이다. 도망가야 한다고 당연한 듯 생각하는 머리가 질리언은 지긋지긋했다.

가서 도와줄 수 없는 자신이 처량하게 느껴졌다.

나이젤은 나무 그늘에서, 괴물에게 에워싸인 아이를 확인했다. 출혈이 심하고 아마 뼈도 부러졌겠지만 아직 움직인다. 거칠어지려는 호흡을 가다듬고 괴물들 앞으로 뛰쳐나갔다.

"꺄하하, 나왔구나!"

의자에 앉아 구경하던 루체가 들고 있던 큰 칼을 즐거운 듯 휘둘렀다.

"도망가!!"

나이젤은 쓰러져 있는 아이에게 외치고, 부하들을 유인하기 위해 뛰었다. 손을 뻗으면 잡힐 듯한 거리까지 다가갔다. 하지만 그때, 좀 전까지 있던 부하들 중 몇이 사라졌다는 것을 알아차렸다.

"이런 바보…."

루체는 지금까지 괴롭히던 아이에게, 장식이 달린 칼을 내리쳤다. 단말마의 비명을 지르고, 나이젤이 구하려 했던 아이는 눈앞에서 죽고 말았다.

"제길."

가면 속에서 루체는 그 입을, 웃음을 머금은 채 움직였다.

"…노린 건 네가 아닌데 말이지."

나이젤은 그 말을 들었을 때, 한 번도 경험하지 못한 전율을 느꼈다.

튀어오르듯 자기가 이동해 온 장소를 돌아봤다. 얼굴을 돌렸을 때는 이미 귀에 익은 목소리로, 새된 비명소리가 들려왔다.

"오빠아아!!"

"라라!!"

나이젤은 땅을 박차고, 원래 있던 자리로 다시 달려갔다.

'거짓말, 아니야, 이건 아니야!'

숨어 있던 덤불에서 부하 괴물들이 라라를 끌어내고 있었다.

달려가려는 나이젤을, 부하 하나가 후려치듯 때렸다. 땅바닥에 내동댕이쳐져, 모자에 달아 두었던 고글이 깨졌다.

"아욱!"

"오빠!"

라라는 다친 오빠를 보고 비통한 소리를 질렀다.

"자, 어디 도망가 볼래?"

동생을 붙잡고 있던 거대한 손이 풀어지자, 라라는 그 자리에서 뒤엉키는 발을 끌고 뛰어나갔다.

"라라! 이쪽이야! 뛰어!!"

나이젤은 일어서서, 정신없이 동생 곁으로 달려갔다.

"자자, 얼른 도망가야지 안 그럼 잡힌다~"

괴물들은 손을 뻗어 라라를 잡으려다 놔주기를 거듭했다.

"싫어! 무서워! 살려 줘!!"

"라라!"

나이젤은 손을 뻗었지만, 그 손이 닿기 전에 동생의 몸은 공중으로 붕 떠올랐다.

거대한 괴물의 손에 붙잡혀 라라는 비명을 질렀다. 나이젤은 절망으로 얼굴이 일그러졌다.

"꺄하하하하."

루체는 구경하면서 한쪽 손을 들어 부하에게 신호했다. 벌써 흥이 식은 듯 나이프 장식을 만지작거리며 말했다.

"이제 됐어, 즐길 만큼 즐겼으니까. 자, 너희는 다음 사냥감을 찾아 와!"

주인의 명령에 몇몇 부하들은 거체를 흔들며 그 자리를 떠났다. 남은 부하가 라라의 몸을 루체 쪽으로 높이 던졌다.

나이젤은 숨이 멎는 듯했다.

"잠깐…!"

공중으로 던져진 라라에게 나이젤은 손을 뻗었다. 그러나 닿는 것은 어림도 없었다.

"감사히 생각해라."

루체는 웃더니, 나이프를 높이 들었다. 그 칼날이 번쩍 하고 빛을 반사했다.

"너는 내가 직접 죽여 줄 테니까!"

나이젤은 절규했다.

"그만둬!!"

히죽대는 웃음과 함께, 그 칼날은 인정사정없이 허공을 갈랐다.

숲속을 이동하던 질리언과 에밀리아는, 귀에 익은 목소리가 들리자 바짝 긴장했다.

"이 목소리는… 나이젤…?"

순간, 목소리가 들린 쪽으로 향하려는 질리언의 손목을 에밀리아가 잡았다.

"질리언, 안 돼. 여기서 떨어져야 해."

"그치만 언니."

호소하는 질리언에게 에밀리아는 안심시키듯 끄덕여 보인다.

"괜찮아… 나이젤이라면 잘 할 거야."

그리고 주위에 날카로운 시선을 돌렸다.

"얼른 이 자리를 떠나지 않으면 우리도…."

그때, 질리언이 서 있는 바로 옆의 나무 뒤에 그림자가 비쳤다.

"! 질리언!"

에밀리아는 괴물의 손톱이 동생에게 닿기 전에, 그 사이로 뛰어들었다. 질리언이 깨달았을 때는 눈앞에서 붉은 색이 피어오르고 언니의 몸이 쓰러져 갔다.

"언니!!"

비명을 지른 질리언은 쓰러진 언니 곁에 무릎을 꿇었다.

그림자가 주변을 에워쌌다. 통통한 거구는 루체의 부하들이었다.

"…질리언, 도망가."

"싫어, 싫어!"

에밀리아의 몸 밑에서 선혈이 스멀스멀 번져 간다. 질리언은 패닉에 빠져 외쳤다.

"언니이!!"

부하들 뒤에서 루체가 모습을 드러냈다. 질리언은 루체의 손에 쥐어진 나이프에 이미 피를 닦은 흔적이 있다는 데 소름이 돋았다.

"만세, 둘이나 있네! 그럼 그걸 해 볼까?"

루체는 귀에 거슬리는 목소리로 말하고, 언니 곁에 무릎을 꿇은 질리언에게 다가갔다. 에밀리아는 필사적으로 고개를 들고, 입을 움직였다.

"질리, 언… 도망, 가…."

"맞아맞아, 도망가야지?"

루체의 입에서 나온 말에 질리언은 머뭇거렸다.

"뭐…?"

거대한 그림자가 눈앞에 선다. 다리가 풀려, 질리언은 그저 그 자리에서 올려다보는 것밖에 할 수 없었다.

"꺄하하, 10초 줄게."

루체는 그렇게 말했다.

가면의 구멍으로 엿보는 눈을 질리언은 그때 처음으로 똑똑히 보았다.

거기에는 그저 **유쾌하고 즐거운** 감정밖에 비치지 않았다. 자기들에 대한 적의나 사냥에 대한 진지함이라곤 없었다.

구멍 속의 눈동자가 비죽 하고 웃는 모양으로 변했다.

"네가 10초 동안 도망칠 수 있으면 여기 있는 인간도 안 죽이고 봐줄게."

루체는 손에 쥔 칼을 언니 쪽으로 향했다.

"!"

피를 흘리며, 에밀리아는 동생에게 시선을 돌렸다. 그 두 눈에서 눈물이 흘렀다.

"질…리, 언…."

그 순간 질리언은 이것밖에 없다고 결의했다. 이를 악물고 땅을 박찼다.

"꺄하하하, 그래, 그래야지!"

환성을 지른 루체는 부하들에게 칼을 휘둘러 명령했다.

"잡아!!"

질리언이 도망친 방향으로 부하들이 달리기 시작했다.

등 뒤에서 무수한 발소리가 따라오는 것을 들으며 질리언은 숲을 달렸다.

"하나."

수를 세기 시작한 루체의 목소리가 들려, 질리언은 이를 악물었다. 짐짓 느릿느릿 부르는 1초. 하지만 어떤 작전을 짜 봐도 자기 혼자 그 괴물들을 상대해서 언니를 구해 낼 수는 없었다.

다른 놈들과 달리 이 괴물은 '놀이'를 중시한다. 상대가 다른 괴물이 아닌 만큼 아직 둘 다 살아남을 기회가 있다고 질리언은 생각했다.

'내가 잡히지만 않으면 돼!'

10초를 도망칠 수 있기만 하면 된다.

"…셋, 넷."

'그럼 이기고 말겠어…!'

질리언은 숲속을 지그재그로 뛰어다녔다. 부하 괴물들의 체격을 생각해서, 잡힐 듯 말 듯할 때 나무와 나무 틈새를 빠져나가며 기민하게 움직였다. 그러나 민첩한 움직임도 언제까지나 이어지지는 않았다. 서서히 속도가 떨어져 갔다.

"여섯, 일곱."

앞으로 3초. 겨우 3초. 머리로는 그렇게 생각하지만 영원히 끝나지 않을 듯 느껴졌다. 질리언은 한계에 도달해 자꾸만 가쁜 숨을 쉬었다. 팔다리를 움직이면 그대로 몸이 조각조각날 것만 같았다.

'더는, 못 뛰겠어….'

결국 발을 헛디뎌, 그대로 앞으로 쓰러졌다. 등 뒤에서 괴물의 손이 덮쳐 왔다. 공기를 흔드는 소리가 들렸다.

"열!"

질리언을 뒤쫓던 부하들은 그 카운트와 함께 움직임을 멈췄다.

"헉, 헉…."

거친 숨을 내쉬며 질리언은 그 자리에 엎어졌다.

'끝까지… 도망쳤어….'

그대로 캄캄해질 듯한 시야를 뿌리치고, 떨면서 일어섰다.

이미 그 자리에 괴물들의 모습은 없었다.

비틀거리며 원래 있던 장소로 돌아왔다.

"약속대로… 10초, 도망쳤어. 언니를… 돌려줘."

질리언은 아픈 폐를 누르며 루체를 노려봤다. 하지만 다음 순간 그 자리에 얼어붙었다.

"응? 뭐라고오?"

땅에 쓰러진 언니의 가슴에는 칼날이 깊이 박혀 있었다.

고통에 찬 표정으로 에밀리아는 이미 숨이 끊어져 있었다.

"이럴 수가, 어째…서…."

질리언은 뒷걸음치며 꽉 잠긴 목소리를 흘렸다.

그 얼굴을 보고 루체는 만족스럽게 입을 벌렸다.

"너 바보구나! 그냥 버리고 가니까 당연히 죽이지!"

진짜 인간이란 바보라니까! 새된 웃음소리가 온 숲에 울려 퍼졌다.

질리언은 그 조소에 그저 우두커니 서 있는 수밖에 없었다. 루체는 질리언을 긴 손톱으로 가리켰다.

"너는 이 녀석이 죽는 걸 버려 두고 혼자 도망쳤던 거야! 꺄하하하, 축하한다!"

루체는 손뼉을 치고, 부하들이 준비한 가마에 올랐다.

언니의 가슴에서 칼날이 뽑히고, 부하들의 손에 들려 올라갔다.

"기다려. 그럴 수는… 안 돼!"
질리언은 그 뒤를 쫓으려 했다. 하지만 더 이상 다리에 힘이 들어가지 않았다. 달려 나가려다 비틀거리며 그 자리에 쓰러졌다. 요란한 웃음소리와 발소리가 멀어졌다.
"으, 아, 아아아, 언니…!"
질리언은 적을 기쁘게 할 뿐이라는 것을 알면서도 목에서 터져 나오는 비명 섞인 울음소리를 억누를 수 없었다.
'사냥'의 끝을 알리는 음악이 그 통곡에 겹쳐졌다.

음악이 울렸다.
사냥의 끝을 알리는 소리를 나이젤은 머리 저편으로 듣고 있었다.
"어째…서…."
나이젤은 눈앞의 피 웅덩이를 내려다봤다. 땅바닥은 온통, 흙도 풀도 붉게 번들거렸다.
모두 동생의 피다.
그 자리에 이미 몸은 없었다. 나이젤은 털썩, 무릎을 꿇었다. 피 웅덩이에 손을 넣고, 손톱을 세워 긁어모으려 했다.
"아니야…."
나이젤은 눈앞의 현실을 받아들일 수 없었다.
이건 무슨 착각이거나 나쁜 꿈이고, 광장에 돌아가면 언제나처럼 라라가 있을 거라 생각했다. 동생은 친구들을 걱정하고, 나는 동생의 기운을 북돋워주기 위해 그 꽃밭으로 데려가서 함께 네잎클로버를 찾을 거라고.

'오빠!'

라라의 웃음소리가 머릿속에서 들렸다.

"……."

나이젤은 자기 손을 보았다. 붉게 얼룩지고 떨림이 멎지 않는 그 손에는 따스하게 잡히던 동생의 손 감촉이 아직 남아 있었다.

'지켜 주지 못했어….'

두 눈에서 흘러넘치는 눈물을 나이젤은 닦지도 못하고 그대로 앉아 있었다.

풍차로 돌아온 나이젤은 아직 피가 묻은 손 그대로 작업실로 향했다.

"나이젤."

심상치 않은 표정에 올리버와 잭이 뒤따라왔다.

방에 들어간 나이젤은 거칠게 선반을 뒤지며 부품을 발밑에 떨어뜨렸다. 그 모습에 입구에서 올리버가 말을 걸었다.

"뭐 하는 거야?"

그 목소리에 나이젤은 돌아봤다.

나이젤의 손에는 개량한 총이 쥐어져 있었다.
“라라의… 원수를 갚을 거야….”
나이젤은 깊은 구멍처럼 어두운 눈으로 동료들을 쏘아봤다.
“그 괴물을 죽여 버릴 거라고!!”
손에 쥐어진 총을 올리버가 잡았다. 나이젤은 뿌리치려 했지만, 올리버의 손에 총이 단단히 눌려 움직이지 않았다.
“안 돼.”
올리버의 말을 듣고 나이젤은 외쳤다.
“지금 전력으로도 할 수 있잖아!! 왜, 왜 싸우지 않는 거야!”
험악한 표정을 짓고 있던 올리버는 조용히 친구의 이름을 불렀다.
“나이젤.”
화가 난 목소리는 아니다. 그러나 엄격하고, 반론을 허락하지 않는 분위기가 있었다.
“지금은, 아직 아니야.”
나이젤은 잘라 말하는 동료의 대답에 절규했다.
라라는 죽었는데. 살해당했는데. 나이젤은 온몸을 꺾으며 외쳤다.
“그럼, 언젠데!! 그런 날이 오기는 해? 진작 실행에 옮겼더라면, 그 녀석은 안 죽었을지도 모르는데!!”
줄곧 생각해 오던 말이었다.

강대한 적 앞에서 자기들은 오로지 소모되기만 할 뿐이었다. 아무리 상처투성이가 되어도, 반격은 허락되지 않았다. 굳이 누군가 잃기를 거듭하면서 말이다.

좀 더 빨리 행동에 나섰더라면.

그것은 이 사냥터의 모든 사람들이 '사냥' 때마다 늘 느끼고 맛보아 온 감정이었다.

"대체 왜?! 올리버!! 왜 아무도 도와주지 않는 거냐고, 응?!"

그 자리에 있던 잭도 험악한 얼굴을 하고 있었다.

"안 돼."

냉정히 고개를 젓는 동료를 보고, 나이젤은 터뜨릴 길 없는 감정에 얼굴을 일그러뜨렸다.

쭉 동지라고 생각해 왔는데.

"알았어…."

"나이젤."

다시 타이르려는 듯 말을 거는 올리버에게 나이젤은 고함을 질렀다.

"내버려 둬!!"

작게 숨을 토하는 소리에 이어, 문이 쾅 닫히는 소리가 울렸다.

나이젤은 작업실에서 아무것도 하지 않은 채 웅크려 앉아 있

었다.

지금이 한밤중인지, 아까 그 상황에서 수십 분밖에 지나지 않았는지 그것조차 알 수 없었다.

문득, 작업실 문이 열렸다. 누구야? 하고 생각했지만 금세 들려온 목소리로 알 수 있었다.

"나이젤."

이름을 부르는 소리에, 나이젤은 무거운 머리를 들었다.

질리언이 쟁반에 저녁 식사를 담아 들고 있었다.

"저녁, 안 먹었지…?"

쟁반에 두 사람 몫의 식사가 있는 것을 보고 나이젤은 느릿느릿 고개를 저었다.

"…라라는, 이제."

없어, 라는 말은 목이 메어 나오지 않았다. 이름만 말해도 나이젤의 가슴에 찌르는 듯한 아픔이 번져갔다.

"응… 들었어."

그의 옆에, 질리언은 약간 거리를 두고 앉았다.

"이건 내 몫이야."

질리언은 텅 빈 눈으로, 무릎을 끌어안고 턱을 올렸다.

"조금이라도 먹으라고는 하지만, 그런 건 무리니까…."

거기까지 듣고 나이젤은 흠칫 놀라 고개를 들었다.

"…질리언?"

언제나 식사는 언니 에밀리아와 함께 했을 텐데.

질리언은 옷 호주머니에 손을 넣었다. 어디에 달아야 할지 몰라서, 언니가 준 와펜은 여태 주머니에 넣어 두고 있었다.

싱글벙글 웃는 와펜의 얼굴을 보며 질리언은 입을 열었다.

"사실은 있잖아, 난 구하고 싶었거든…."

평소처럼 가벼운 어조로 말하지만 눈에서는 눈물이 넘쳐흘렀다.

"그치만, 나만, 도망쳐 버렸어. 언니가, 죽도록 내버려 뒀어…."

와펜을 꽉 움켜쥐고 질리언은 끌어안은 무릎에 얼굴을 묻었다.

"…루체구나?"

질리언은 말없이 끄덕였다. 나이젤은 이를 악물고, 동료의 어깨에 손을 얹으려 했다. 그제야 비로소 자기 손이 아직도 피로 더럽혀져 있다는 것을 깨달았다. 다시 주먹을 쥐고, 오열을 참으려 고개를 숙였다.

누군가를 위로하려 했을 때에야 비로소 나이젤은 동생의 피를 씻어 내야 한다는 데 생각이 미쳤다.

쇠붙이와 기계 기름 냄새로 가득한 그곳에는 한동안 두 사람이 코를 훌쩍이는 소리만 울렸다.

"……."

쭉 잠자코 있던 나이젤은 천천히 고개를 들었다.

"…역시, 아무것도 안 한다는 건… 난 그럴 수 없어…."

나이젤은 쟁반에 놓여 있는 빵을 집어 덥석 물었다. 그러더니 입에 밀어넣고 수프로 꾸역꾸역 삼켰다.

갑자기 기세 좋게 먹기 시작한 나이젤을 질리언은 깜짝 놀라 바라봤다.

"나이젤?"

입을 쓱 닦고, 나이젤은 딱 잘라 말했다.

"루체를 죽일 거야. 나 혼자라도 할 거야."

"뭐…?"

나이젤은 일어서더니 작업대에 총 한 자루와 탄환을 늘어놓았다. 탄환은 모두 세 발.

"총은 이미 완성했어."

그 말에 질리언도 눈을 휘둥그레 떴다. 친숙하던 소년의 얼굴을 올려다보며 몸을 일으켰다.

"가면을, 부술 수 있어?"

괴물에게 대항할 수 있는 총을 고안한다는 것은 질리언도 알고 있었다. 언니에게 의견을 구한 적도 있어서 진척되고 있다는 것은 알고 있지만, 완성됐다는 말은 못 들었으니까.

"그래, 여러 번 시험도 했어. 이 총탄을 사용하면 반드시 귀신의 가면을 부술 수 있어."

나이젤의 말을 듣고 질리언은 눈을 커다랗게 뜬 채 침을 꿀꺽 삼켰다.

"그 괴물을… 죽일 수 있다고?"

나이젤은 분명하게 고개를 끄덕였다.

"그래, 이 총이라면 죽일 수 있어."

"나도 할래."

질리언의 말을 듣고 나이젤의 눈이 커졌다.

"하지만."

말을 꺼내려 했지만, 질리언의 표정을 보고 다시 꿀꺽 삼켰다. 거기에 망설임 같은 것은 없었다.

"그래, 알았어. 다음 '사냥' 때. 우리 둘이서 복수를 하자."

나이젤은 깨진 고글에 손을 댔다. 질리언은 와펜을 꽉 움켜쥐었다.

"원수는 꼭 갚을게… 언니."

질리언은 눈물을 훔치고, 빵을 집었다. 입을 크게 벌리고, 다시 한번 일어서기 위한 양분을 씹어 삼켰다.

다시 '사냥'이 시작되고 괴물들이 찾아올 때까지 나이젤도 질리언도 표면적으로는 루카스나 올리버의 의견에 수긍하는 척 행동했다. 말수가 적어지고 표정이 험악해진 것은 소중한 가족을 잃었기 때문이라고 이해했으므로, 다른 멤버들도 억지

로 대화에 끌어들이려 하지는 않았다.

"나이젤."

질리언은 광장 구석에서 나이젤에게 말을 걸었다. 질리언의 손에는 언니가 쭉 기록해 온 노트가 있었다.

"루체는 언제나 부하를 여럿 데려와서, 여기서 사냥을 시작해."

그 지점을 가리키며 움직임을 보여 준다. 숲속의 통로처럼 되어 있는 부분은 나이젤도 머릿속에 넣어 두었다.

"그러니까 우리는 여기서 매복하는 거야."

지도의 위치를 보고 나이젤은 잠자코 끄덕였다.

그곳은 라라가 희생된 바로 그 장소였다.

"알았어."

"나는 부하 괴물들을 노릴게. 나이젤은 개량한 총과 탄환으로 먼저 루체를 노려."

나이젤은 끄덕였다. 총은 이미 숲속으로 가져가 숨겨 두었다.

서로 확인하는 동안 음악이 울려 퍼졌다. 어느새 그로부터 사흘이 지난 것이다. 슬슬 때가 됐다고 각오는 했지만, 다음 '사냥'은 결국 시작돼 버렸다.

"가자…!"

나이젤과 질리언은 마주 보고 끄덕인 후, 숲속으로 달려갔다.

나뭇가지 위에서 나이젤은 시선을 발밑으로 향하고 있었다. 주변에서 나는 소리에 귀를 기울였다.

여기 숨은 후 얼마나 시간이 지났을까.

문득 부스럭 하고 잎사귀가 흔들리는 소리가 들렸다. 루체의 부하가 모습을 드러내자, 나이젤은 웃음을 띠었다.

'예상대로구나….'

매복하는 위치는 완벽했다. 루체는 부하를 시켜 의자를 내려놓게 하고, 털썩 앉아 제멋대로 이것저것 지시를 했다. 아마 또 괴롭힐 사냥감을 찾는 것이리라.

나이젤은 나뭇가지를 이용해 총을 고정하고 조준을 맞췄다.

'라라의… 원수.'

나이젤은 조준을 맞추고, 방아쇠를 당겼다.

탄환은 노린 궤도로 곧게 날아갔다. 발사된 후의 일은 단 한 순간이다. 그러나 나이젤은 손가락을 움직인 찰나에 직감했다.

'맞는다!!'

충격음이 울리고 루체의 몸이 뒤로 날아갔다.

"으악!!"

꼴사나운 비명을 지르며 그 체구가 의자와 함께 쓰러졌다.

'좋아…!!'

나이젤이 승리의 예감에 총을 내리려 했을 때였다.

"…빌어먹을 인간… 내 가면에 흠집이 생겼잖아아아!!"

일어선 루체의 얼굴에는 작은 총탄 자국이 남아 있을 뿐이었다.

"!!"

나이젤은 경악했다.

"어째서."

나이젤은 숨을 삼키고, 저도 모르게 소리를 내 버렸다.

나무 뒤에 숨어 있던 질리언 역시 예상외의 사태에 당황했다.

개조한 총과 탄환으로 실험할 때는 결과가 좋았다. 재료가 다른 것인가? 귀족의 가면은 실험할 때 사용한 부하의 가면보다 단단한가? 나이젤은 필사적으로 생각했다. 실험에 사용했던 것은 깨진 부하의 가면 일부다. 더구나 눈이 있는 부분 근처도 아니다.

하지만 나이젤에게 더 이상 생각에 잠겨 있을 시간은 주어지지 않았다. 괴물들의 시선이 일제히 그가 숨어 있는 나뭇가지로 쏠렸고, 나이젤은 정신을 차렸다.

"저기다!"

루체의 부하들이 하나하나 모여들었다.

"아차."

나이젤은 도망칠 곳을 찾았다. 그러나 눈 깜빡할 사이에 나무는 포위당하고 말았다.

'나이젤!'

질리언은 동료의 위기를 보고 부하들에게 총을 쏘려 했다. 방아쇠를 당기려는 순간, 뒤에서 손이 뻗어와 총을 붙잡았다.

"엇."

돌아보자 그곳에는 동료 폴라가 있었다.

그때 다른 나무그늘에서 사람 그림자가 뛰쳐나왔다. 루체를 향해 돌을 던졌다. 매섭게 날아간 돌멩이가 루체의 후두부에 맞는다.

"아얏."

"잭!!"

나이젤은 외쳤고, 나무에서 뛰어내렸다. 그때 팔을 붙잡혔다. 붙잡은 것은 샌디였다.

"지금이야!"

"그래도 잭이."

"저 녀석이라면 괜찮아."

모든 것은 순식간에 오간 대화였다. 가자, 하고 샌디가 짧게 말하자 잭, 그리고 폴라와 질리언 셋으로 나눠 각각 다른 방향으로 뛰쳐나갔다.

타이밍을 맞추어 세 방향으로 달려갔다. 그렇게 해서 잠시나

마 쫓는 자가 판단을 망설이는 시간을 번다.

"아, 아, 제길!! 돌을 던진 저 녀석부터 잡아!!"

루체의 명령으로 부하들은 잭을 뒤쫓기 시작했다.

"그다음엔 전원! 전원 다 죽여!!"

히스테릭한 목소리가 들렸지만 그것은 점점 멀어졌다. 나이젤과 질리언은 동료에게 손을 잡혀 끌려가며 깨달았다.

자신들은, 복수를 맹세한 그 장소에서 목숨을 건 동료들에게 구출되고 있다는 것을.

음악이 울리고 그날의 '사냥'도 여느 때처럼 끝났다.

하지만 풍차 안에 있는 방에서 동료들을 앞에 둔 나이젤과 질리언에게 그것은 여느 때와 같은 '사냥'의 끝이 아니었다.

답답한 공기가 그 자리를 감싸고 있었다. 아무도 말을 하지 않았다.

나이젤은 침묵을 깨고 입을 열었다.

"미안, 나…."

질리언 역시 어깨를 웅크린 채 중얼거렸다.

"나도… 무모한 짓을 해서 모두를 위험하게 만들었어."

지금까지 쌓아 온 작전(무력한 인간으로 여기고 방심하게 만든다)을 모두 망쳐 버릴 뻔했다.

엄격한 표정으로 질리언을 보던 부 리더 소냐가 성큼성큼 눈앞으로 걸어왔다. 그리고 한손을 들었다.

저도 모르게 눈을 질끈 감은 질리언을 소녀는 잡아당기듯 끌어안았다.

"살아 있어서, 다행이야…."

평소 냉정하던 연상의 소녀가 팔에 힘을 주어 끌어안고, 떨리는 목소리를 흘렸다.

"미안… 미안해."

보고 있던 나이젤의 어깨를 잭이 두드렸다.

아무 말 없는 그 얼굴에, 나이젤은 참고 있던 것이 터져 나왔다.

"미안…. 내가 먼저 말을 꺼낸, 거였어. …그냥, 어떻게 해서든, 그 녀석의 원수를, 갚아 주고 싶어서."

오열이 목을 태우며 흘러넘쳤다.

젖은 시야에 떠오르는 것은 여동생의 웃는 얼굴이었다.

이런 가혹한 장소에, 영문도 모른 채 끌려와서, 몇 번이나, 몇 번이나 울고, 그래도 웃음을 잃지 않았던 아이였다.

'라라… 미안해.'

평화로운 인간 마을로 데려가 주겠다고 약속했는데.

"그래, 그랬구나…."

들려오는 목소리에 나이젤과 질리언은 고개를 들었다.

올리버 일행 뒤에서, 지팡이를 짚은 모습이 나타났다.

루카스의 얼굴을 보고 두 사람은 다시 고개를 숙였다.

여기 있는 누구보다도 오랜 시간을 싸워 온 사람 앞에서, 자신들의 행동은 너무나 경솔하다고 생각했다. 동료들도, 작전 자체마저 잃을 뻔했다.

"미안해…."

두 사람은 꽉 눌린 목소리를 밀어냈다. 루카스는 지팡이를 울리며, 한 걸음 다가왔다.

"알아."

나이젤과 질리언을 루카스는 남은 한쪽 팔로 끌어안았다. 그 팔 안에서 두 사람은 눈을 크게 떴다.

"분하지. 그렇게 하지 않으면 견딜 수 없었을 거야."

그 낮은 목소리에, 나이젤은 내내 꽉 쥐고 있었던 주먹의 힘이 풀리는 기분이 들었다. 자신의 슬픔이 너무나 커서, 어느 누구도 이해 못 할 거라는 아집에 빠져 있었다. 동료가 짊어진 것을 헤아리지 못한 사람은 오히려 나였다고, 질리언 역시 끌어안긴 채 눈물을 쏟아냈다.

"하지만 아직은 견뎌 다오."

팔을 풀고, 루카스는 두 사람의 모습을 봤다. 길게 상처가 남은 그 얼굴, 두 눈에는 강한 의지가 깃들어 있었다. 루카스는 결연히 선언했다.

"반드시, 이 사냥터를 끝내겠다."

나이젤과 질리언은 루카스를, 그리고 주위의 동료들을 둘러봤다.

'아아….'

나이젤은 소중한 사람을 잃고 비로소 깨달았다. 누구의 눈에도, 지금의 자기와 같은 아픔이 깃들어 있다는 것을. 질리언 역시, 복수를 맹세하는 마음을 서로 이해 못 할 리 없다는 것을 느끼고 있었다. 혼자가 아니라는 것을.

"그날은 반드시 올 거야. 반드시 모두를 데리고 가겠어. 그러기 위해서도 너희 둘이 힘을 도와줘야 해."

루카스의 말에 나이젤과 질리언은 눈물을 닦고 끄덕였다. 몇 번이나, 몇 번이나 닦고, 다시 끄덕였다.

* * *

작업실 의자에 앉은 엠마는 나이젤과 질리언의 이야기 한마디 한마디에 귀를 기울이고 있었다.

"그렇구나…."

가족을 잃고 싶지 않다.

그 마음은, 당연히 엠마에게도 뼈에 사무치도록 간절한 소망이었다. 탈옥한 형제들은 모두 무사하지만, 그래도 잃은 동료가 없는 것은 아니다.

진실을 알았던 날의 처참하던 코니의 모습이 생각나고, 이어서 가족을 위해 스스로 출하를 결심한 노먼이 떠올랐다.

엠마는 일어서서, 작업대에 놓인 작은 총에 손을 얹었다.

"다음 '사냥' 때 반드시 이 사냥터를 끝내자."

나이젤과 질리언은 끄덕임으로 답했다.

인간은 약하다며 얕보던 적에게, 절대 바꿀 수 없다는 체념만을 주었던 운명에게, 총알을 박아 줄 때가 온 것이다. 인내하고 받아들이던 때는 곧 끝난다.

"이번에는 꼭…."

나이젤 역시 작업대에 늘어놓은 개조 총에 손을 뻗었다. 질리언도 두 사람처럼 무기를 손에 들었다.

그날의 맹세를 이룰 때가 다가왔다. 나이젤과 질리언은 오래전에 잃은 그리운 미소를 떠올리고, 한 번 눈을 감았다가 다시 떴다.

두 개의 결의가 불꽃처럼 그 눈에 깃들었다.

약속의
THE PROMISED
NEVERLAND
네버랜드

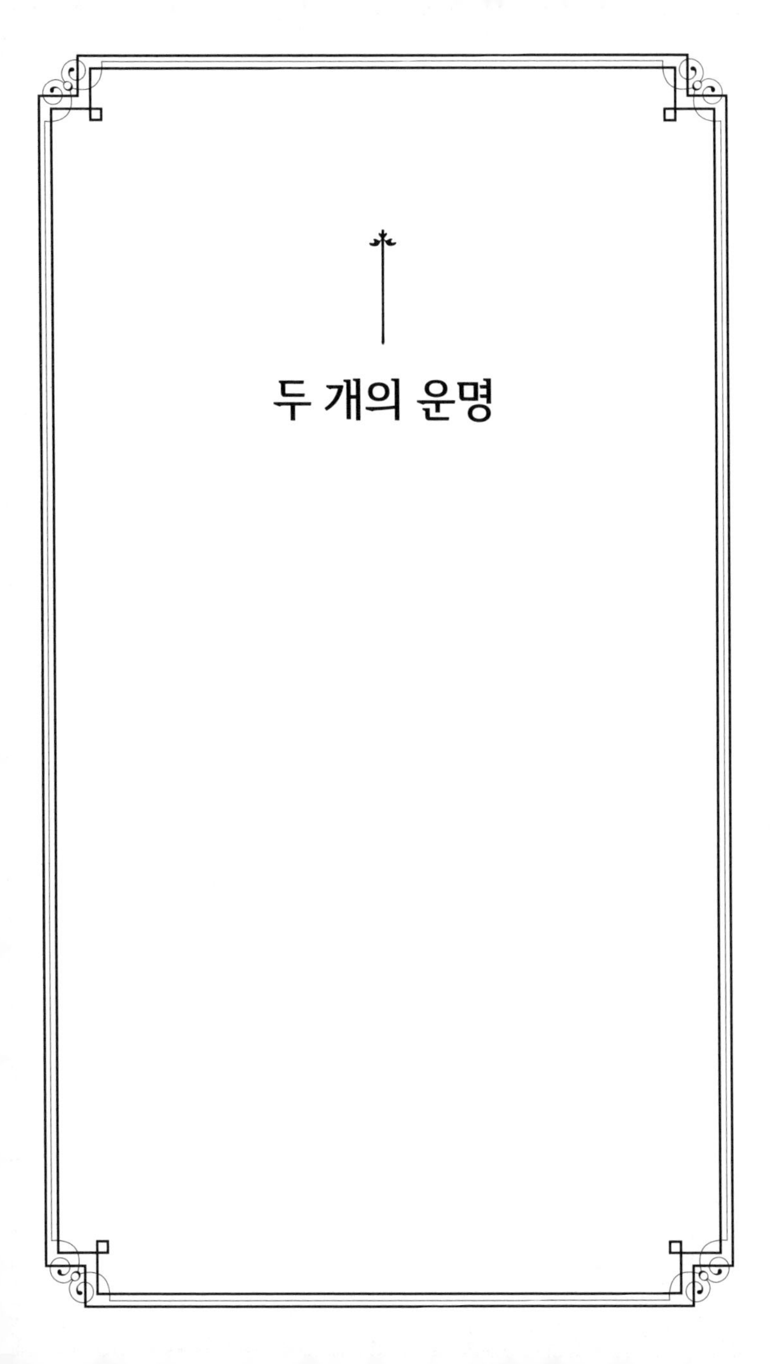

두 개의 운명

생각이 형태로 모아지지 않고 안개처럼 흐릿해졌다.

남자는 땅을 기며, 뻗은 팔을 몽롱하게 바라봤다. 그것이 왜 벌레처럼 징그럽게 일그러져 있는지 이해되지 않았다.

분명 조금 전까지 이 몸은 견딜 수 없는 초조감과 공포에 사로잡혀 있었는데. 그 이유가 지금은 생각나지 않았다. 아니, 이유는 고사하고 자기가 누구인지도, 주위의 무너진 집들이 고향의 그것이라는 것도, 구하고 싶은 가족이 있었다는 것도, 아무것도 생각나지 않게 되었다.

느껴지는 것은 오로지 격심한 공복감이었다.

그 남자의 시야 끝에 희미하게 그림자가 보였다.

가만히 응시하고 보니, 그것은 후드를 뒤집어쓴 소녀 같았다.

저것은 먹을 수 있는 것이다, 먹고 싶다, 하는 단순한 욕망만 솟아오르지만 이제 몸이 움직이지 않았다. 바싹 마른 입으로, 언어가 되지 않는 소리를 중얼거릴 뿐이다.

눈앞까지 다가온 소녀는 딱한 그 남자의 모습에 가면 속의 눈동자를 떨었다.

"내 피를 마셔."

무지카는 퇴화가 시작된 남자 앞에 무릎을 꿇었다. 짐 속에서 단도를 꺼내, 주저 없이 자기 손목을 그었다. 흘러나온 피를 그릇에 담아, 남자의 입으로 가져갔다.

남자는 소녀가 내민 피를 입에 머금었다.

온몸을 먹어 들어가는 듯 느껴지던 허기가 사라지고, 머릿속에 끼었던 안개가 걷힌다.

"아…."

남자는 멍하니, 눈앞에 있는 소녀를 바라봤다. 무슨 일이 일어났는지는 몰랐지만, 이내 어째서 몸을 끌며 여기까지 기어왔는지 떠올렸다.

"도와줘! 가족이! 그리고 마을 주민들도!"

농원에서 인육 공급이 끊어지고, 이 마을에는 어린아이에 이르기까지 신체와 지능의 퇴화 현상이 엄습했다.

애원하듯 도움을 청하는 상대에게 무지카는 조용히 일러 주었다.

"괜찮아. 이제 걱정할 것 없어."

하늘을 꽉 메우던 구름이 갈라지고, 무지카의 등 뒤로 햇빛이 비친다.

"당신의 피에도 이제 나와 같은 힘이 있으니까."

그 말에 남자는 천천히 자기 손을 들었다.

그 손은 이미 변화하기 전의, 원래의 모양으로 돌아와 있었다.

3000년 전 이 세계에서는 인간과 어떤 종족 사이에 한 가지 '약속'이 맺어졌다.

끝없는 전쟁과 살육을 거듭하던 두 종족은 세계를 둘로 나누어 왕래를 금함으로써 전쟁을 종결시켰다. 그리고 인간을 사냥하며 인간을 먹어 그 모습과 지능을 유지해 온 종족들은 인간을 사냥하지 않는 대신 농원을 만들었다. 먹기 위한 인간을 양식하는 기관이다.

그러나 초창기에는 설립된 농원의 수가 적어, 그곳에서 수확된 인간만으로는 늘어나는 백성들 모두에게 식량을 확보해 줄 수 없게 되었다.

질 좋은 인육을 구할 수 없는 변두리 지방부터 차례로 퇴화가 시작되었다.

몸속에 받아들인 것에 따라 한 세대 안에서 외형이, 뿐만 아니라 지능까지 변화하는 종족들에게 인간을 먹는 것 외에 치료법은 없다고 여겨졌다. 그러나 양질의 인육은 왕족이나 귀족이 독점하고 있다. 눈앞에서 아무리 가족이 고통받아도 가난한 마을 백성들이 할 수 있는 일은 아무것도 없었다.

그런 줄만 알았는데.

"아아, 구세주여…."

퇴화 증상이 나타나 괴로워하던 아이는 이제 어머니의 품에 안겨 포근히 잠들었다. 역시 퇴화하기 시작하던 아이 어머니도

원래의 몸으로 돌아왔다.

두 사람을 끌어안고 있던 아버지가 무지카와 그 동료들을 돌아봤다.

"정말 고맙습니다."

"이제 우리 마을 사람들은, 뭘 먹어도 퇴화를 두려워하지 않게 됐어…."

마음을 놓고 서로 마주 보며 끄덕이는 주민들을 보고 무지카의 얼굴에도 웃음이 번진다.

"…다행이다."

무지카는 어린 아이의 볼을 쓰다듬고 미소 지었다.

여장을 꾸리던 동료가 짐을 둘러메고 일어섰다.

"무지카, 이제 다음 마을로 가자."

"응."

동료의 말에 무지카는 일어섰다. 함께 여행하는 것은 혈연만이 아닌, 피를 나눠 받아 같은 체질을 갖게 된 가족이다.

주민들에게 몇 번씩 감사 인사를 받으며 그 마을을 떠나려 할 때였다.

멀리서 희미하게 땅울림 같은 소리가 들렸다.

"무슨 소리지?"

그것이 무수한 발굽 소리임을 알았을 때는 마을로 밀어닥치는 병사들의 모습이 보인 이후였다.

"뭐야?!"

"병사들이…?!"

선두를 달리던 남자가 무지카 일행의 모습을 보고 싱긋 웃었다. 병사를 이끄는 장군 돗사는 쩌렁쩌렁한 목소리로 외쳤다.

"찾았다!! 이단자는 생포하라! 거추장스러운 평민들은 죽여라!!"

그 목소리에 병사들의 창끝이 일제히 무지카 일행을 향했다.

"무지카, 도망가야 해!"

달려가려 했지만 이미 병사들에게 마을은 포위되었다. 초라한 집들을 모조리 무너뜨릴 기세로 기병이 달려왔다.

"모두들 구세주님 일행을 지키자!"

배웅을 하려고 모여 있던 마을 주민 중 하나가 큰 소리로 외쳤다. 말이 나오기도 전에 이미 주민들은 행동으로 옮기고 있었다.

"우리 가족을 구해 준 은인이시다!!"

"이 틈에 어서 도망가세요!!"

변변한 무기도 없이 병사들 앞을 가로막았다. 기병들은 모두 훈련된 정예병이었으며, 잘 드는 도검을 손에 쥐고 있었다. 승산 같은 것이 있을 리 없다.

"그만둬요!!"

무지카는 비명을 질렀다. 눈앞에서, 방금 구한 주민이 난도

질을 당했다. 좀 전에 가족의 무사함을 기뻐하며 울다가 웃는 얼굴을 보여 주던 아이 아버지였다.

'겨우 구했는데…!'

겨우 퇴화로부터 해방된 주민들이 차례로 희생되어 갔다.

"무지카!!"

달려가려는 무지카를 동료가 팔을 잡아 말렸다. 그대로 손을 잡고 도망가려는 것을 돗사는 그냥 넘어가지 않았다. 말의 방향을 바꾸더니, 무지카를 끌어안은 동료를 창 자루로 때렸다.

"악!"

"하하하, 도망가게 둘 줄 알고?"

짐승을 사냥하듯 무지카 일행의 몸에 올가미를 씌웠다.

그 모습을 내려다보는 돗사는 가면 뒤에서 눈을 가늘게 뜨며 야비하게 웃었다.

"…하하, 이걸로 그 길란 경도 끝장이군."

성에서 자기를 내보내던 주군 길란의 모습이 떠올랐다.

"그들의 힘이 사실이라면 백성들의 굶주림을 해결할 수 있다."

그것은 백성들의 미래를 걱정하는, 영주로서 **올바른** 모습이다. 돗사는 낮은 소리로 중얼거렸다.

"굶주림을 해결해 버리면 농원이 곤란하단 말이지."

이 임무를 자기에게 맡긴 주군의 정직함과 어리석음을 돗사는 비웃었다.

왕도 주위는 거대한 해자로 둘러싸여 있다.

다리를 건너지 않으면 드나들 수 없으며, 외문(外門)을 지나 안으로 들어가면 무수한 시장과 주거지가 늘어서 있다. 복잡한 시가지를 빠져나가면 견고한 내문(內門)이 보인다. 그 안에는 귀족의 저택과, 왕족이 사는 성이 우뚝 솟아 있다.

유구한 역사를 새겨 온 왕성은 중후한 공기가 감돌았지만, 안에서 일하는 자들은 오늘따라 하나같이 들뜬 기색이었다.

한 종자가 다른 자를 불러 세워 속삭였다.

"이봐, 그 소문이 진짜일까?"

"길란 경이 반역을 일으켰다며?"

소문이 빠른 궁정 소속 종자들은 오섭정(五攝政) 중 하나인 길란 경이 체포되어 처형을 기다리는 중이라는 데 놀라움을 감추지 못했다.

이 세계를 다스리는 귀족 계급의 최고위에 해당하는 오섭정. 그중에서도 길란 경은 가장 풍요롭고 넓은 영지를 가진 충신으로 이름이 높다. 하급 종자들 사이에서도 사려 깊고 우아한 인상이 강하게 남아 있는 인물이다.

"대체 어떻게 된 일이래? 요사한 피를 가진 자라니."

"가신 돗사 님이 잡아와서 지금 이 성 지하에 유폐한 것 같아. 병독을 퍼뜨리는 피를 갖고 있다나?"

그때 종자가 목소리를 낮춰 속삭였다.

"…소문으로는, 그 피를 나눠 주며 퇴화한 평민들을 구했다는 거야."

"피로? 인육도 안 먹고 말이야?"

"그래."

거기서 눈치 빠른 종자는 가면 속의 얼굴을 찡그렸다.

"옳거니… 그러면 왕정부가 가만히 있지 않겠군."

'약속'을 맺어 농원이라는 체재를 추진해 온 현 왕정의 노림수는, 그것을 이용해 평민을 지배하는 것이었다.

인육으로 형질을 유지하는 종족을 통치하는 데 농원은 획기적인 시스템이었다. 언제 누구에게 얼마만큼을 공급하는지 관리할 수 있고, 서민이 힘을 갖는 것을 억제할 수도 있다.

그 피의 효력이 사실이라면 왕정부에는 가장 거슬리는 존재가 될 것이다.

"하지만 길란 경을 처형한다니…."

"대승정님이 정치에서 물러난 후에도 길란 경이 간신히 균형을 잡아온 거나 마찬가진데 말이야."

지금까지도 왕정부에 의한 적대 세력 숙청은 몇 번이나 자행되어 왔다. 인간 측과 맺은 그 '약속'이나 농원 제도를 원초신앙에 대한 모독이라 주장하며 왕정부에 반기를 드는 자는 많았다. 그러나 모두 힘에 의해 굴복하지 않을 수 없었다.

그러나 지금 이때, 정치의 한 축을 맡은 길란의 처형… 사실상 말살이 이루어진 것은 큰 의미를 가진다. 제아무리 유서 깊은 오섭정이라 해도 왕정을 거스르면 제거당한다. 이만큼 효과적인 본보기는 없다. 앞으로 왕정부의 행보에 이의를 제기하는 자는 아무도 없을 것이다. 종자 한 사람은 더욱 혹독한 독재의 예감에 전율했다.

"…차라리 선왕 폐하 시대가 나았던 것 같아."

"쉿, 누가 듣겠어."

잡일꾼들이 오가는 성 하층부라고는 하나 어디서 누가 듣고 있을지 모른다.

"지금 폐하를 제외하면 선왕의 자녀들 중 살아남은 자는 레우위스 대공 하나뿐인가…."

직계 혈통에 해당하는 5남 레우위스는 대공 지위를 갖고는 있지만 정치에 관심이 없어 거의 왕도에 오는 법이 없다. 병사를 이끌고 전쟁터에 나갈 필요가 없는 시대가 된 후로는 더욱 그렇다. 이번에 길란의 처형을 맞아 호출령을 내렸다는 소문은 있지만 그 자유분방한 성격으로 보아 호출에 응할지 말지 말단 종자들로서는 알 수 없었다.

"강인하고 머리가 좋은 분이니까."

"그렇지… 그런 분이니까 살아남을 수 있었을 거야."

종자들은 한숨을 쉬고, 반역죄를 뒤집어쓴 자비로운 영주의

얼굴을 떠올렸다.

그리고 또 한 사람, 일찍이 굳게 신앙을 지키려 했던 왕족 소녀의 모습도 떠올렸다.

그는 선왕의 피를 이어받았지만 형제들처럼 위압적인 태도를 보이지 않고, 하급 종자들도 정중히 대해 주었다.

그러나 '약속' 이후에도 신앙을 지키며 결코 양식된 인육을 먹으려 하지 않았다.

신앙의 교의에 따르면 오로지 신이 만든 생명만이 입에 넣을 수 있는 양식이라고 했다. 그러나 '약속'의 체결로 세계는 갈라지고, 더 이상 이 세계에 자연적으로 태어나는 인간은 없다. 그들을 사냥할 수 없어진 것이다. 그런 세계에서 신앙을 지키면, 인육을 먹지 않으면 기다리는 것은 명백했다.

종자들은 당시를 떠올리며 서글프게 중얼거렸다.

"송쥬 님이 돌아가신 지도 벌써 꽤 되는군…."

성문 쪽에서 희미하게, 빈객의 도착을 알리는 음악이 들려왔다.

환대의 연주와 함께 성문이 열렸다.

"레우위스 대공, 참으로 잘 오셨습니다."

마중 나온 가신들을 돌아보고, 레우위스는 걸친 외투를 펄럭이며 홀 안을 걸었다. 검은 모자챙을 당기고 가면 속에서 코웃음을 치면서.

'나 원… 잘 오셨습니다?'

누나의… 현 여왕의 칙명으로 호출하는 이상 오지 않을 수 없다. 심지어 호출 내용은 길란이 반역 혐의로 야생화형에 처해진다는 것이었다.

'언젠가 이렇게 될 줄은 알았지만.'

현 왕정부에게 청렴한 영주는 이르건 늦건 눈엣가시가 될 거라고 레우위스는 예상하고 있었다. 방해가 되는 자의 말로는 선왕 시대부터 지금까지 몇 번이나 목격한 바 있으니까.

그렇다 해도 길란만 한 충신이다. 그 처형은 장차 거대한 파문이나 마찰을 낳을 것이다.

"후… 누님도 참 어지간하시다니까."

의미심장한 말에 곁에 있던 왕성 가신은 눈살을 찌푸렸지만 레우위스를 상대로 감히 충고를 하지는 못했다. 사냥에 빠져 거의 왕도에 가까이 하지 않는다고는 하나, 정통한 왕가의 핏줄이며 대공인 것이다.

도착 후에는 성가신 알현 절차라도 있을까 했지만, 인사는 오늘 밤 만찬으로 대신할 것이라고 가신이 일러 주었다. 레우위스는 오랜만에 성을 천천히 둘러보았다.

성 여기저기에 있는 공중회랑 중 하나에 발을 들였을 때, 레우위스는 거기에 선, 낯익은 가면을 쓴 자의 존재를 알아차렸

다.

"꽤 일찍 도착했군, 바이욘."

말을 걸자 오섭정 중 하나인 바이욘 경은 돌아봤다. 전통적인 가면과 의장으로 몸을 감싼 바이욘은 레우위스의 모습을 보고 목례를 했다.

"레우위스 대공, 와 계셨습니까."

그들은 '약속' 이전부터 막역한 사이로, 레우위스는 왕도를 떠난 동안 이따금 바이욘 영지에 들러 얼마간 머무는 일도 잦았다.

"의회가 있어서. 그대로 머무르고 있었습니다."

바이욘의 대답에 그런가, 하고 레우위스는 끄덕였다. 오랜 친구의 시선이 화창한 바깥 풍경이 아닌, 여기서 내려다보이는 지하 감옥 입구로 향해 있다는 것을 레우위스는 깨달았다.

바이욘은 난간을 조용히 움켜쥐었다.

"…의회에서 길란 경은 폐하께 국고를 열라고 제안하셨습니다. 백성들의 어려운 상황을 호소하며 지원을 베풀어야 한다고요. 백성이 있어야 나라도 있는 법이라며…."

바이욘은 탄식하듯 중얼거렸다.

"…저도 그 생각은 틀리지 않았다고…."

"바이욘."

가로막듯 부르자 바이욘은 입을 다물었다. 레우위스는 옆에 나란히 서서 말했다.

"이것으로 이베르크를 제외하면 오섭정 중 가장 강력한 영주는 자네일세. 자네가 빠지면 정치는 더 이상 제 모습을 갖출 수 없게 돼."

길란 경의 전철을 밟지 말라는 의미를 내포하여, 레우위스는 그렇게 타일렀다.

"예…."

"하지만, 그렇군… 발단이야 어떻든 의회에서 한 발언만으로 길란만 한 거물에게 반역죄를 씌우는 것은 다소 무리가 있네. 자세한 사정을 알고 있나?"

레우위스는 가면에 손을 댔다. 그 혜안에 바이욘은 내심 놀라면서도 목소리를 낮추어 사실을 밝혔다.

"길란 경은 요사한 피를 가진 자를 이용해 왕정을 전복시키려 했다는 혐의를 받고 있습니다."

"요사한 피를 가진 자…?"

레우위스는 바이욘의 말을 따라 되물었다. 바이욘은 끄덕였다.

"길란 경은 백성을 구하기 위해 어느 일족, 정확히는 한 소녀를 조사하기 위해, 부하 돗사를 파견했다고 합니다. 듣자 하니 인육을 먹지 않아도 퇴화하지 않는 피를 가진 자라나…. 그 피를 한 모금 마시면, 마신 자에게도 같은 힘이 생긴다고 하더

군요.”

레우위스는 가면 속의 눈을 살짝 크게 떴다.

“…호오.”

그래서인가, 하고 레우위스는 눈을 가늘게 떴다. 거슬리는 길란 경과 그 일족을 모두 처치하는 동시에, 백성이 지배를 벗어날 수단을 끊어 버리려는 것이다.

“실례합니다. 레우위스 대공, 바이욘 경.”

마침 그때 왕성의 가신이 말을 걸었다.

“만찬 준비가 되었으니 홀에 모이시라는 분부입니다.”

그 말에 레우위스와 바이욘의 대화는 거기서 끊어졌다.

만찬장에 발을 들여놓는 순간, 레우위스는 평소와 다른 향을 느꼈다.

“…이것은?”

이미 테이블에 차려진 그 ‘식사’를 보고, 가면에 가려진 레우위스의 표정이 희미하게 달라졌다.

농가에서 생산된 고급 인육이 있을 거라 생각한 그 자리에는, 분명 인간이 아닌 것이 차려져 있었다. 겉모습도 향도, 분명 식용아는 아니다.

바이욘 쪽을 힐끔 보고, 레우위스는 확신했다.

‘그렇군… 이것이 그….’

자리에 앉은 귀족들이 떨떠름한 듯 서로 속삭였다.

"인간이 아닌가…?"

"대체 뭐지?"

그때, 만찬장에 오섭정 중 하나, 이베르크 공의 목소리가 울렸다.

"여러분, 조용히 하십시오. 폐하께서 납십니다."

공기가 바짝 긴장되고, 전원이 의자에서 일어서서 예를 갖춘다.

레우위스는 고개를 숙인 채, 상석에 나타난 누나의 모습을 확인했다.

화려한 머리모양이나 보석으로 만든 장신구, 한껏 치장한 의장은 그 높은 지위를 유감없이 보여 주지만, 그런 것에 위압당하는 것은 수준 낮은 귀족들 정도다.

현 왕정의 최고위에 군림하는 여왕 레그라발리마는 그 자리에 있기만 해도 주위를 제압하는 위광을 띠고 있었다. 레우위스는 진짜 강자 앞에서만 느껴지는 오싹한 고양감을 애써 잠재웠다.

"고개를 들라."

냉엄한 목소리가 울리고, 허락을 받은 참석자들은 자세를 풀어 자리에 앉았다.

이베르크는 자리에 앉는 자들을 바라보며 알렸다.

"오늘 밤 만찬은 어떤 특이 체질을 띤 종족입니다. 표면적으로는 병독을 가진 피로 알려져 있으나, 이 고기… 아니, 피를 한 모금이라도 몸에 받아들이면 우리는 더 이상 모습이 변하지 않는, '불퇴(不退)의 몸'이 되는 것입니다."

웅성거리는 귀족들을 보며 이베르크는 말을 이었다.

"…그리고, 이것으로 이 체질을 얻게 되는 것은 우리뿐입니다."

그 말을 들은 참석자들의 얼굴에 스멀스멀 우월감이 번졌다. 기분 나쁜 듯 보고 있던 자도 당장 먹고 싶은 듯 접시를 바라보고 있었다.

"이것으로 왕정의 번영은 한층 강고해질 것이옵니다."

말석에 앉은 자들이 테이블 끝을 보며 아첨을 늘어놓았다.

"아아, 성은이 망극하옵니다. 여왕 폐하!"

"이 자리에 올 수 있어 무한한 영광이옵니다!"

직계는 아니지만 왕족의 종친에 해당하는 귀족들이, 뇌가 들어 있는 그릇을 공손하게 받들었다.

레우위스는 다시금 자리에 앉은 자들의 얼굴을 둘러보았다. 길란이 빠진 오섭정과 함께 방계 왕족과 그 측근들이 늘어서 있다. 여왕 레그라발리마의 지배를 더욱 강화하기 위한 배치다. 이 구성은 아마 이베르크의 작품이겠지. 거기까지 생각하고 레우위스는 웃었다.

'하긴 권력 다툼이 가능한 직계 형제들은 모두 살해당했으니.'

마음속으로 비아냥거리듯 중얼거리고 레우위스는 상석에 우아하게 앉은 누나를 봤다.

이곳에서 형제나 가족 같은 것은 서로 목숨을 노리는 사이일 뿐이다. 골육상잔이란 그야말로 자기들에게 어울리는 말이 아닌가. 레우위스는 이 만찬의 광경을 보고 냉소했다.

이베르크가 입을 열어 모인 자들에게 알렸다.

"내일은 길란의 처형이 있습니다. 그 후 '최초의 소녀'를 함께 나눌 것입니다."

누구 할 것 없이 찬양하는 목소리와 박수가 여왕의 자리로 날아갔다.

'그야말로 축제로군.'

레우위스는 피를 따른 잔에 입을 댔다. 충신의 숙청도, 퇴화를 완화하는 힘도, 아무 상관없다. 지금 그들 안에 있는 것은 단지 포화할 대로 포화한 욕망뿐이다.

'다 쓸데없어….'

레우위스는 중얼거리고 따분한 듯 잔을 내려놓았다.

무지카는 차가운 돌 위에서 무릎을 끌어안고 앉아 있었다.

어둡고 축축한 지하 감옥에 있는 것은 이제 무지카 혼자뿐이었다. 마지막까지 저항하며 무지카를 지키려 한 동료들의 피가 돌 위에 점점이 얼룩져 있다.

"……."

무릎을 끌어안고 무지카는 떨림을 애써 죽였다.

'나 때문이야.'

가난한 마을들을 돌며 퇴화하는 주민들을 구했다는 소문은 무지카 일행이 상상한 것 이상으로 빠르게 퍼졌던 것이다.

무지카는 그래도 마음 어딘가로 생각했다. 백성들을 굶주림으로부터 구하고 싶다는 바람은 통치하는 자들 역시 마찬가지일 거라고. 자기의 이 피는 왕정부의 식량을 위협하지 않으면서 백성들의 퇴화를 해결할 수 있다고 생각했다.

그러나 왕정부의 생각은 달랐다.

"어째서…."

무지카는 끌려간 동료들이 어떻게 되었을지 알고 있다. 자기만 남은 것도, 특별한 '요리'가 될 것이기 때문이다.

왕도 귀족도, 무지카 일행의 피가 가진 능력을 독차지할 속셈이다. 무지카는 못내 가슴이 답답했다.

"가장 굶주릴 걱정 없는 지위를 차지하고 있으면서…."

누구보다도 좋은 식재료를 얻을 수 있는 그들은 퇴화와 무관한 처지일 텐데. 그럼에도 무지카 일행의 피를 탐냈다. 피만이 아니라 고기와 뇌, 그리고 모든 것을.

무지카는 가면을 쓴 얼굴을 무릎에 묻었다. 아무리 비탄에 잠겨 봐야, 감옥에 갇힌 지금 무지카가 할 수 있는 일은 슬픔을 이렇게 지나보내는 것뿐이다.

내일 밤이면 자기도 동료들과 같은 길을 갈 테니까.

"나는… 뭐 때문에 태어난 걸까."

무지카는 갈라진 목소리로 중얼거렸다.

그것은 몇 번이나 무지카의 가슴속에 떠오른 감정이었다.

태어날 때부터 무지카는 주위 사람들과 달랐다.

다른 이들로부터 떠받들리거나, 박해를 받을 때마다 왜 자기만 이토록 다르게 태어났는지 고뇌했다.

하지만 이 피를 사용해 고통받는 누군가를 구할 수 있다는 것을 알자, 그제야 눈앞이 탁 트인 기분이 들었다.

퇴화 치료법은 질 좋은 인육을 섭취하는 방법밖에 없다. 그러나 '약속' 이후 인육은 모두 왕정부가 관리하는 농원이 아니면 구할 수 없다. 가난한 마을에서는 도저히 해결할 수 없는 문제였다.

그러나 무지카의 피를 쓰면 그것을 해결할 수 있었다.

자기가 남과 다른 이유는 이 때문이라고 무지카는 생각했다.

무지카는 가족과 함께 여러 굶주린 백성들을 구하고 다녔다. 이것이 자기 역할이며, 분명 다가올 미래에는 아무도 퇴화를 두려워하지 않으며 살 수 있을 거라고, 그런 희망을 그리고 있었다.

하지만 그 결과가 지금이다.

무지카는 자기 손을 바라봤다.

'내가 선택한 길은 틀렸던 걸까….'

결국 소중한 동료를 죽게 하고, 구한 주민들도 처참하게 살해되었다. 무지카는 쓸쓸히 중얼거렸다.

"…여기서 죽는 게 내 운명일지도 몰라."

이제 살아 있을 의미 같은 것은 없다. 그렇게 무지카가 읊조렸을 때였다.

작은 소리가 들렸다. 뭔가가 으르렁대는 듯한 소리였다.

"……?"

무지카는 맞은편 감옥을 물끄러미 바라봤다. 좁은 우리 안에는 아무것도 없는 듯 보였지만, 그림자가 움직이는 것이 느껴졌다. 그것이 빛이 닿는 창살 앞까지 다가왔다.

"개…?"

조악한 우리 안에 큰 개가 갇혀 있었다.

이런 곳에 어째서? 하고 무지카는 신기해했다. 사냥에 쓸 법한 대형 개체지만 무척 여위고 쇠약해 보였다. 공교롭게도 여기에는 나눠 줄 것도 없었다.

"가엾게도. 너도 여기 갇혀 있는 거니?"

감옥 구석에 있던 무지카는 개가 놀라지 않게 가만히 다가갔다.

"내보내 주고 싶지만, 나는 그럴 수가 없네."

무지카는 자기 감옥의 쇠창살을 잡았다.

"…나는 아무도 구할 수 없어."

창살 사이로 손을 뻗지만, 개가 있는 우리까지 닿기에는 턱도 없었다. 무지카는 조용히 고개를 숙였다.

"아무것도 할 수 없어…."

개는 가만히 앉아서, 그저 조용히 그 목소리를 듣고 있었다.

* * *

아무것도 할 수 없다.

'약속'이 맺어진 후의 왕성에서 어린 송쥬 역시 몇 번이나 그 말을 마음속으로 되뇌고 있었다.

신앙을 무시한 '약속'을 다시 맺을 수도, 추방당한 '선생님'을 구할 수도, 부왕, 그리고 계승권을 가진 누나와 대치하는 것도, 자신은 아무것도 할 수 없었다.

송쥬는 넓은 성 안에서 혼자 무력감에 시달리며 지냈다.

신앙을 버리지 않는 것만이 그런 송쥬가 할 수 있는 미약한 저항이었다. 농원의 인육이 식사로 나와도 송쥬는 완강히 거부했다.

형들은 그런 동생을 조롱했다.

"고리타분한 교의 같은 것을 지켜서 뭘 하려고?"

"사냥을 하지 않아도 우리는 최고급 인육을 손에 넣을 수 있는 지위가 있는데."

"하여간 멍청한 녀석이야."

"그렇게 사냥한 것만 먹고 싶으면, 이거나 먹든가."

그러면서 썩은 짐승 고기를 던져 주곤 했다. 송쥬는 비웃는 형들을 노려보았다.

'어떻게 하면 바꿀 수 있을까….'

핏줄로 이어진 왕족들은 모두 쉽사리 신앙을 버렸다. 자신들만이 부와 번영을 누리기 위한 정치를 펼치고, 백성들에게는 손을 내밀려 하지 않았다.

송쥬가 몇 번이나 형들에게 호소했지만 조소와 처벌만 돌아올 뿐이었다.

가족이란 이런 것인가, 하고 절망했다.

농원이라는 제도를 받아들이지 않는다는 이유로 송쥬는 왕정부에 대항하는 자라는 낙인이 찍혔다. 공개적으로 처형을 당하지 않은 것은 오로지, 스스로 죽음을 선택한 것이나 마찬가지였기 때문이다.

농원의 인육을 입에 대지 않은 채 송쥬는 성 안에서 죽은 것도 아니고 산 것도 아닌 연금 상태가 되었다.

그래도 자신만은 올바른 길을 버려서는 안 된다고 생각했다.

"바보 같은 녀석."

그렇게 말하며 형 레우위스가 불쑥 나타나서는 막냇동생에게 반쯤 장난 삼아 말린 고기를 주었다. '약속' 이전에 사냥한 인간의 고기다. 송쥬는 형의 그 행위가 자기를 옹호하는 것이 아님을 알고 있었다. 그래도 지금은 그 고기만이 송쥬가 교의를 어기지 않고 먹을 수 있는 최소한의 인육이었다.

하지만 그 인육도 언제까지나 고등생물의 형태와 지성을 유지해 줄 만한 양은 못 되었다.

아무리 저항해도 퇴화는 시작된다.

송쥬에게는 모습이 달라지는 것보다 생각을 뜻대로 할 수 없게 되는 것이 더욱 무서웠다.

'아무것도… 모르게 되는 거야….'

자기가 누구인지. 어떤 존재인지. 송쥬는 몽롱해지는 의식 속에서 희미하게 웃었다. 왕의 피를 이어받았다며 자랑스럽게 떠들지만, 결국 섭취하는 것만 달라져도 자기 자신이 누구인지조차 애매해지는 존재다.

'하하… 그러니 그 누님도 무제한으로 질 좋은 식용아를 원하는 거지.'

사람 고기를 먹지 못한 송쥬의 몸은 확실하게 퇴화해 갔다. 그래도 필사적으로 정신만은 붙잡고 있었다.

송쥬의 자아를 유지해 준 것은 신앙과, 그에 얽힌 소중한 기억이었다.

첫 사냥의 추억이 송쥬의 가슴에 깊이 새겨져 있었다.

당시에 인간은 농원에서 관리되지 않고, 바깥세상에서 자유로이 살고 있었다.

그날 송쥬는 '선생님'에게 이끌려 처음으로 인간을 사냥했다.

제 손으로 잡은 인간이 피를 흘리며 발버둥치는 모습을 송쥬는 그저 바라보고 있었다. 그 손에는 '그프나'에 사용하는 비다(흡혈 식물)가 쥐어져 있었다.

"아직 살아 있어."

송쥬는 중얼거렸다. 접시에 놓인 식사밖에 몰랐던 송쥬에게 사람은 차가운 고깃덩어리일 뿐이었다. 누군가가 사냥을 해서, 먹을 수 있도록 조리해 놓은 것. 그러나 아니었다. 자기가 지금까지 먹은 것은 이 세상에서 삶을 얻고, 마음을 가지고, 마지막 순간까지 있는 힘껏 살려 한 존재였다.

"그것이 생명. 생명을 사냥한다는 것이옵니다."

'선생님'은 어린 왕자에게 이 세계를 보여 주었다. 바람이 불고, 생물의 소리가 울려 퍼졌다.

"모두 생명. 이 세상에 살아 숨 쉬는 모든 것은 신께서 만드신 존엄한 생명입니다."

선생님의 손짓에 송쥬는 고개를 들었다. 그 가면에, 머리 위의 잎사귀 사이로 새어 든 빛이 떨어져 반짝였다.

하늘이 비치는 나뭇가지 위에서는 벌레를 잡으려는 새들이 바삐 날아다녔다. 그 새를 노리며 작은 짐승이 몸을 숨겼다. 방금 송쥬가 잡은 인간은 이 짐승을 사냥하려던 참이었다.

나무들 사이에도, 강물의 흐름 속에도, 흙 위에도, 모든 곳에서 생명의 교환이 일어나고 있었다.

그것은 잔혹하고, 그러면서도 모든 존재에게 평등하며, 그러기에 아름다웠다.

"우리는 모두 생명을 사냥하며 생명을 이어 가는 것입니다."

왕성에서 자란 송쥬는 그때 자기를 둘러싼 세계가 갑자기 전혀 다른 것으로 변한 것처럼 느꼈다.

그 전까지 성의 생활은 송쥬에게 따분하기 그지없었다. 호화로운 물건들이나 식사도, 모두가 무릎을 꿇는 지위도, 송쥬의 마음을 움직이지는 못했다. 이런 세계가, 자기가 앞으로 살아가야 할 장소인가 하며 암담한 마음으로 지내고 있었다.

하지만 사냥을 통해 송쥬는 자기가 살아갈 세계의 아름다움을 배웠다. 자기도 대등한 하나의 생명일 뿐이라는 것이 기분 좋았다.

"그리고 사냥은 '빚'."

모든 생명은 신에게서 빌린 것. 그러므로 경의를 표하며, 오만을 버리고 나누십시오. 그렇게 '선생님'은 송쥬에게 가르쳤다.

그리고 **자기 손**으로 신에게서 빌리고, 신에게 돌려준다.

"……."

송쥬는 이제 생명이 끊어지려는 인간 곁에 무릎을 꿇었다. 그 꽃을 땅에 엎드린 몸에 꽂았다.

하얀 꽃잎이 붉게 물들고, 빛이 들지 않는데도 피어났다.

경애하던 '선생님'의 말은 어린 송쥬의 근간을 만들었다.

그 그리운 날의 일을 떠올리며 송쥬는 몸이 변이해 가는 고통을 견뎠다. 배고픔에 정신을 잃을 듯할 때마다 자신의 몸을 손톱으로 할퀴어, 아픔으로 제정신을 차렸다.

"은혜롭고 청정한 양식… 하늘과 땅, 생명에 감사하며…."

갈라진 목소리가 기도문을 암송했다.

자기들 종족의 번영을 지탱하는 것은 강대한 힘도 지배도 아닌, 이 신상이었기 때문이다. 그러나 '약속'은 맺어졌고 사냥은 금지되었다. 생명은 번호를 붙여 관리하는 것으로 변질되었다. 아마 앞으로 왕정부도 연구자들도 더욱 오만해지고, 생명을 경시하게 될 것이다. 자기들에게 편리하도록 함부로 조작하고, 만들고, 폐기할 것이다.

그런 미래가 상상되는데도 지금 자기는 아무것도 할 수 없다.

그 사냥 날에 '선생님'은 송쥬에게 이렇게 덧붙였다.

"왕의 아드님이시여, 그것을 결코 잊어서는 안 됩니다. 설령

왕이 되지 못한다 해도 왕을 지키며 돕기 위하여."

송쥬는 흐려져 가는 의식 속에서 눈을 스르르 감았다.

'하하… 지키고, 돕는다… 라….'

그 왕에 의해 지금 자기는 죽음으로 내몰리고 있는데. 지금의 왕정부에게는 지킬 가치도, 돕고 싶은 생각이 들 만한 신뢰도 없다.

그러나 이 가르침을 필사적으로 지키려 발버둥 쳤다는 것을 송쥬는 기억한다.

그것은 백성을 다스리고 보호하는 위치에서 태어난 자의 책무다. 왕을 지키고 돕는 것은 단지 그 의견을 추종한다는 뜻만이 아니다.

만약 왕좌에 앉은 자가 올바른 길을 벗어난다면 바른 길로 이끌 수 있는 자가 되라고, 그렇게 '선생님'은 말했다.

'나는… 가르침을… 지켜 낸… 걸까….'

송쥬는 퇴화한 자신의 손을 바라봤다. 이미 그것은 사람 모양일 때의 흔적조차 없었다.

지금 여기가 어디고, 마지막으로 고기를 먹은 지 얼마나 시간이 지났는지도 알 수 없다. 어둡고 춥다. 굶주림보다 더 큰 무력감이 밀려왔다. 송쥬는 목소리를 내려 했지만 이미 그 입에서는 알아들을 수 있는 말이 나오지 않았다.

"…으, 으으…."

아무것도 할 수 없다. 그래도, 하다못해….

이 몸과 정신이 어디까지 유지될지 알 수 없다. 그래도 송쥬는 이 현실에 굴복하여 왕정에 가담하는 것만은 할 수 없었다. 목숨과 바꿔서라도 가르침을 지키는 것이 왕가에 태어난 자기가 할 수 있는 마지막 저항이었다.

* * *

창문 없는 지하 감옥이었지만 돌 틈으로 희미하게 달빛이 비쳐들었다.

일정한 시간마다 간수가 순찰을 오지만 그것 말고는 쥐 죽은 듯이 조용하다. 아무리 밤이 깊어도 무지카는 잠들 수 없었다. 다만 몸은 지칠 대로 지쳐, 꼼짝도 못 한 채 웅크리고만 있었다.

'내일이면… 나도….'

죽음을 기다리는 답답한 시간 속에서 무지카는 어둠 속의 작은 소리를 들었다. 이어지는 소리에, 뭘까, 하며 고개를 들었다.

"아…."

맞은편 우리 안에 있는 개가 돌바닥을 긁는 소리였다. 좀 전까지는 꼼짝 않고 엎드려 있었지만, 뭔가 생각난 듯 창살과 바닥 사이를 열심히 파려 했다. 그러나 바닥은 빈틈없이 돌이 깔려 있어서 개의 발톱으로는 구멍이 파일 것 같지 않았다.

무지카는 잠시 그 모습을 바라보다가 문득 중얼거렸다.

"난 아무것도 못 해… 하지만."

힘이 안 들어가는 몸을 움직여 창살 앞으로 향했다.

"하다못해 너만이라도 풀어 줄 수 있다면…."

무지카는 여윈 개의 모습을 바라봤다. 그리고 그 개가 갇혀 있는 보잘것없는 우리를 다시금 관찰했다.

맞은편 방은 무지카가 갇혀 있는 곳처럼 견고한 자물쇠가 달리지 않았다. 열쇠 구멍도 없고, 그저 작은 나무 막대기가 빗장처럼 꽂혀 있을 뿐이었다. 새나 짐승을 넣어 두기 위한 우리인 듯했다.

무지카는 바닥을 손으로 더듬어서 작은 돌을 줍자, 그 막대기를 향해 던졌다. 딱, 하고 돌이 튀는 소리가 상상한 것 이상으로 크게 울려서 무지카는 어깨를 움찔했다. 잠시 숨을 죽이고 있었지만 다행히 간수는 오지 않았다. 다시 새 돌을 손에 들었다.

돌은 거의 맞지 않았고, 맞아도 나무는 조금밖에 움직이지 않았다.

'내가 여기서 끌려 나가기 전에, 어떻게든….'

이런 방법으로 정말 열어 줄 수 있을지, 확신은 없다. 그래도

무지카는 돌멩이를 찾아 던졌다.

간수가 순찰을 오자 무지카는 얼른 감옥 구석으로 돌아가 무릎을 끌어안았다. 그리고 쥐고 있던 돌을 바닥에 던지는 시늉을 했다. 간수는 처음에는 '조용히 해!' 하고 을러댔지만, 나중에는 대수롭지 않은 장난으로 여기고 무시했다.

소리를 낸 것은 간수의 눈을 속이기 위해서이기도 했지만, 자기 쪽으로 주의를 돌리려는 의도도 있었다. 간수가 개 우리의 빗장이 헐거워진 것을 눈치채고 다시 꽂기라도 하면 모두 원점으로 돌아가 버린다. 처음부터 다시 빗장을 풀고 있을 여유가 없다.

무지카는 손이 닿는 범위에 쓸 만한 돌멩이가 없어지자, 벽과 바닥을 손톱으로 긁었다. 바닥 돌 틈에서 깨진 돌조각을 주우려 했지만 파편은 쉽게 나오지 않았다.

"아얏."

무지카는 날카로운 아픔에 손을 뺐다. 손가락을 보니 돌에 걸린 손톱이 벗겨져 피가 배어 나왔다.

무지카는 피가 손가락을 타고 바닥에 똑똑 떨어지는 것을 보고 있었다.

"……."

이 피는 어쩌면 정말 재앙을 부르는 사악한 피일지도 모른다.

만약 자신에게 이런 피가 흐르지만 않았다면 가족이나 동료가 살해당하지도, 이렇게 감옥에 갇히지도 않았으리라. 다른 백성들처럼 태어난 마을에서 평범한 삶을 보내고 있었을 것이다.

저주받은 피를 가진 자기는 이대로 여기서 죽는 것이 운명이다.

무지카는 어깨를 떨구고, 자기 피가 흐르는 것을 무심히 바라봤다.

"…멍."

가라앉아 가던 사고를 희미한 소리가 불러일으켰다. 무지카는 고개를 들었다. 짖는다기에는 너무 작은 소리로, 개는 맞은편의 소녀를 향해 울음소리를 냈다. 그 눈동자를 보고 무지카는 웃음을 머금었다.

"그래…."

상처는 금세 아물었고, 그 자리에는 이미 새 손톱이 자라고 있었다. 이런 재생 속도는 보통이지만 다른 생물이 보기에는 무섭게 비칠지도 모른다. 체질이란 그런 것이다. 무지카는 다 나은 손을 다시 꽉 쥐었다.

"피가 다 뭐란 말이야…."

설령 이 몸에 흐르는 피가 저주받았다 해도, 자신이 무엇인지 결정하는 것은 피도 능력도 아니다. 무엇을 믿고 어떤 삶을 선택해 가느냐다.

무지카는 마지막 돌멩이를 쥐고, 개가 있는 우리를 향해 돌아섰다.

'제발, 맞아라.'

이제 던질 수 있는 것도 남지 않았다. 무지카는 창살 사이로 팔을 뻗어, 맞은편 우리를 향해 던졌다. 돌은 문에 걸린 나무막대기에 맞았다.

흔들거리던 막대기가 마침내 작은 소리를 내며 바닥에 떨어졌다.

"! 빠졌다!"

무지카는 작게 환성을 질렀다.

"자, 나오렴. 이제 도망가도 돼."

하지만 무지카가 말해도 개는 우리 안에서 조용히 무지카를 바라볼 뿐이었다. 무지카는 몇 번이나 문 쪽을 가리켰지만 개는 꿈쩍도 하지 않았다.

"도망가면 되는데…."

빗장이 빠진 것을 이해 못 한다는 생각은 들지 않는다. 다 알면서도 개는 여기 머물러 있는 것이다. 무지카는 감옥 안에서 무너지듯 주저앉았다.

"같이 있어 주려는 거니…?"

무지카는 작은 소리로 중얼거렸다.

"고마워."

새벽빛이 돌 틈으로 비쳐 들어온다. 혼자 이 감옥에 남는 것이 사실은 무척이나 두려웠음을, 무지카는 가슴속에 번지는 안도감을 통해 깨달았다.

돌벽 틈으로 비치던 빛이 조금씩 기울기 시작했다. 저녁이 다가오는 것을 무지카는 지하 감옥 안에서도 알 수 있었다.

발소리가 울리고, 지하 감옥으로 통하는 계단을 여럿이 내려오는 소리가 들렸다. 이내 무지카가 있는 감옥 앞에 부하를 이끌고 두 귀족이 얼굴을 들이밀었다.

"오호… 이것이 그 계집아이인가?"

그림자가 드리워지자, 무지카는 몸을 웅크리며 고개를 들었다.

번쩍거리는 가면 뒤에서 엿보는 눈동자에는 같은 종족을 보는 감정이라곤 없었다.

"그 피를 처음 가진 자 치고는 참 보잘것없군."

"생각보다 작은데? 우리한테 돌아올 몫이 있으려나?"

"그러게. 뇌는 하나밖에 없으니."

무지카는 감옥 안에서 뒷걸음쳤지만, 넓지 않은 방 안에서 도망칠 곳은 없었다. 열린 문 앞에는 귀족들, 그리고 그 뒤에는 무기를 든 부하들이 버티고 있었다.

귀족 중 하나가 히죽 웃었다. 가면 뒤의 눈동자가 음흉하게 무지카를 바라봤다.

“네 패거리는 맛이 그저 그랬지만, 너는 어떠려나?”

“하하, 맞아. 맛으로 치면 고급 농원의 식용아가 훨씬 나았지!”

쏟아지는 말들에 무지카는 저도 모르게 고개를 숙였다. 알고는 있었다 해도, 동료가 먹혀 버렸다는 사실은 가슴을 도려내듯 아팠다.

“하는 수 없지. 좋은 약은 입에 쓰다는 말도 있잖아? 이것도 왕족과 귀족의 책무라 그거야.”

낄낄거리는 웃음소리를 들으며 무지카는 동료를 잃은 슬픔과 함께 참담한 마음이 들었다.

‘이런 것이, 백성의 삶을 돌봐야 할 위치에 있는 자의 모습이라니….’

굳이 퇴화하지 않아도, 이미 자기 욕망을 채우는 것밖에는 생각할 줄 모르는 자들.

“이베르크 공께서 직접 맡기신 그프나 임무다. 우리가 빈틈없이 마무리해야지.”

“자, 나와.”

무지카는 팔을 단단히 잡혀 억지로 일으켜 세워졌다. 하다못해 마지막까지 의연한 태도라도 보이고자 했지만 공포로 다리가 떨렸다.

"어서 걸어!"

귀족 한 사람이 무지카의 어깨를 잡고 떠밀었다.

그때 덜컹 하고 등 뒤에서 소리가 들려, 그 자리에 있던 자들은 모두 일제히 뒤를 돌아보았다.

"뭐지?"

창살문이 열려 부딪히는 소리였다. 거기에 커다란 개가 있다는 것을 두 귀족도 가신들도 그제야 알아차렸다.

평소에는 닫혀 있던 우리 문이 열리고 개는 자유의 몸이 되었다. 귀족 하나가 눈살을 찌푸렸다.

"뭐지, 이 더러운 개는? 누가 문을 열어 준 거냐?"

"이봐, 어서 이걸 처리해."

다른 귀족이 손가락질하며 가신에게 명령했을 때였다.

개는 그 적동색 털을 곤두세우며 송곳니를 드러냈다.

눈에 보이지도 않을 만큼 빠르게 땅을 박차더니, 부하에게 지시를 하던 귀족의 목울대를 덥석 물었다.

"!!"

무지카도 귀족들도, 그 자리에 있던 모두가 눈을 의심했다.

"으억?!"

목을 물린 귀족이 탁한 외마디 소리를 질렀다. 그 목에서 피가 분수처럼 뿜어 나왔다. 살을 물어뜯을 기세로 개는 이를 깊

이 박아 넣고 몸을 비틀었다. 사나운 짐승이 피를 흩뿌리며 착지했다.

물린 남자는 돌을 깐 바닥에 내동댕이쳐졌다. 그러나 즉사는 아니었다. 그들에게 치명상은 가면에 숨겨진 머리 즉, 안와 속이 손상되는 것이다. 피가 흐르는 목을 누르며 귀족은 덤벼든 개를 보았다. 그리고 다시 말을 잃고 눈이 휘둥그레졌다.

"아니…."

그 모습은 이미 네발짐승이 아니었다.

퇴화했던 몸이 점차 되돌아갔다. 팔다리가 길게 뻗고, 온몸의 털은 머리카락이 되어, 장신의 사람 모양으로 변화했다.

퇴화가 풀린 그 남자는 쓰러진 남자의 로브를 벗기더니 자기 몸에 둘렀다.

"서… 설마."

귀족들은 그 얼굴을 알고 있었다.

"송쥬 님."

자신들보다 훨씬 높은 지위에 있던 소년을 앞에 두고 두 귀족은 경악했다.

'이럴 수가….'

이 소년은 이미 옛날에 죽었을 텐데. 그렇게 생각하고 보니 아무도 그가 사망한 것을 직접 눈으로 보지 않았다는 생각이 미쳤다. 마지막으로 봤을 때는 이미 퇴화가 진행되어 다른 왕자들에게 짐승처럼 취급당하고 있었다. 당연히 그대로 죽었을 거라고 귀족들은 생각했다.

하지만 짐승의 모습으로 전락한 후에도 그는 성 안에 살아 있었던 것이다.

귀족들은 양쪽 다, 과거의 망령이라도 만난 것처럼 덜덜 떨었다.

“그래… 이렇게 된 거로군.”

송쥬는 입을 움직여 말을 했다. 몸의 위화감은 이미 흐려졌다. 주먹을 쥐었다 폈다 하며, 바닥에 주저앉은 무지카를 내려다보았다.

“네 피의 힘이야.”

무지카 역시 숨을 죽인 채 그 모습을 쳐다보고 있었다.

“너… 퇴화, 했던 거야…?”

목을 물어 뜯겨 죽을 뻔한 귀족은 상처가 재생되자마자 비명 섞인 명령을 내질렀다.

“어, 어서 잡아! 계집아이는 죽이지 말고!!”

하지만 그보다도, 송쥬가 부하 한 사람에게서 창을 빼앗는 것이 빨랐다.

오랫동안 짐승의 몸이었다고는 생각되지 않을 정도로 송쥬는 재빨리 창을 휘둘러, 무장한 귀족의 부하를 쓰러뜨렸다. 좁은 지하 감옥에, 창 끝이 허공을 가르는 바람 소리가 울렸다.

응전할 틈도 없이 순식간에, 귀족들을 따르던 부하도 달려온 간수도 차례차례 땅바닥에 격돌했다.

"힉…."

귀족들은 서로에게 바짝 붙었다. 송쥬는 창술의 숙련도도 남다르거니와, 애초에 왕족과 일반 병사는 격이 너무나 다르다. 그 몸에 깃든 강함은 웬만한 병사들로는 도저히 감당할 수 없었다. 하물며 병사도 아닌 자기들에게 승산 같은 것이 있을 리 없었다. 두 귀족은 부하를 남기고 걸음아 나 살려라 하며 지상으로 도망쳤다.

하지만 부하도 간수도, 그들 두 사람이 기대한 만큼 시간을 벌어 주지는 못했다. 송쥬는 마지막 한 사람을 베어 넘기고 무지카의 손을 잡아 일으켰다.

"가자."

짧게 말하고 지하 감옥 계단을 달려 올라갔다. 무지카는 아직 어안이 벙벙한 채, 그래도 필사적으로 빛을 향해 땅을 박찼다.

지상층으로 허겁지겁 돌아온 귀족들은 얼른 동원할 수 있는 병사들을 불렀다. 본래는 위에 보고를 올려야 하지만, 실수가 드러나는 것은 피하고 싶었다. 그래서 지금 이 자리에 있는 감시병들만으로 대처하려 한 것이다.

그러나 감시병들을 배치했던 장소에는 아무도 모습을 보이지 않았다.

“왜 성 안에 병사가 없지?!”

“위병들은 뭘 하는 거야!”

그렇게 소리쳤을 때 비로소, 그들은 성 밖이 소란스럽다는 것을 깨달았다. 발소리와 전령을 부르는 소리가 요란하다.

“무, 무슨 일이지?”

왕성 정원으로 나온 귀족들은 깜짝 놀랐다. 완전무장한 병사들이 바쁘게 달려갔다. 문 밖의 고함 소리며 검격 소리가 여기까지 들렸다.

“이건… 무, 무슨 일이냐!”

병사 하나를 불러 세워 다그쳤다. 흥분한 목소리로 병사는 대답했다.

“길란의 가신들이 습격했습니다!”

“뭐!”

귀족은 경악했다. 군주의 처형을 저지하기 위해 길란 경의 가신들이 성에 쳐들어왔다는 것이다. 이미 성 아래쪽에서는 교전이 시작되었으며, 성내도 혼란에 빠져 있었다.

“에잇, 이런 때에!”

자기들의 실수를 만회할 수단을 빼앗겨, 귀족들은 이를 갈았다.

"이런 상황에서… 혹시 그 계집아이를 놓치기라도 하면…."

"쉿, 하지만 왕자가 살아 있었다는 건 예상 밖이잖아! 게다가 퇴화까지 풀었다니."

"가만… 그것도 우리 책임으로 돌아오는 건 아닐까…?"

이베르크 공이 맡긴 직무라고는 하나 진짜 무서운 것은 이베르크가 아니다. 그 소녀는 여왕을 위해 남겨 둔 특별한 헌상품이다. 그걸 놓친 데다 우리에 갇혀 죽어 가던 선왕의 직계 혈육까지 풀어 주고 말았으니.

더구나 송쥬는 지금 자신들의 피를 먹어 불퇴의 능력까지 얻었다.

얼굴을 마주 본 두 귀족은 가면 속에서 새파랗게 질렸다.

"우, 우린 죽었다…!"

소녀를 되찾고 송쥬를 다시 죽이지 않으면 기다리는 것은 틀림없는 죽음이다.

"성 안에 남은 병사를 모두 모아! 반드시 그 계집아이를 잡아야 한다!!"

귀족들은 반쯤 정신이 나가 닥치는 대로 명령을 내렸다.

경계하면서 지하 감옥 입구 밖으로 나온 송쥬였지만, 그곳에 감시병의 모습은 없었다. 복도에도 본래 배치되어 있던 병사들이 보이지 않았다.

"…어떻게 된 거지?"

밖에서 시끄러운 소리가 들렸다. 여기저기 성문에서 울리는 종소리는 침공을 알리는 요란한 음색을 띠었다.

사정은 모르지만 송쥬는 이 상황에 입 끝을 올리며 웃었다.

"마침 잘됐군. 이 틈에 성을 탈출하자."

송쥬는 병사들이 성내에서 사용하는 병영을 털어, 도주에 필요한 장비를 재빨리 갖추었다. 그 뒤에서 무지카는 당혹스러운 듯 물었다.

"왜 나를 구해 주는 거야…?"

우리에서 나올 수 있게 해 준 것이 자신이긴 하다. 하지만 그래 봐야 같은 감옥에 갇혀 있었던 사이에 불과하다. 귀족들의 반응을 보면 지체 높은 왕족이었다는 것은 눈치챌 수 있었다. 이 청년이 자기를 구해 줄 이유는 없다.

거의 부러진 창을 버리고, 송쥬는 벽에 장식되어 있던 새 창을 내렸다. 유서 깊은 물건이지만 지금 그런 것은 알 바 아니다. 무기를 새로 마련하며 송쥬는 중얼거렸다.

"…너와 같은 이유야."

퇴화하여 흐려져 가던 자아 속에서 송쥬는 소녀의 목소리를 들었다.

"아무것도 할 수 없어…."

그것은 무력감에 무릎 꿇었던 예전의 자기와 겹쳐졌다. 이대

로 살아 있으나 죽으나 아무것도 달라질 게 없다며, 퇴화해 가는 몸을 끌어안은 채 절망에 빠져 있었다.

나는 아무것도 할 수 없다.

이제 살아갈 의미도, 죽을 의미도 없다.

그렇게 생각하던 자아의 심층에 무지카의 목소리가 닿아, 송쥬 안에 남은 희미한 의식을 불러 일으켰다.

아무것도 할 수 없다. 그래도, 하다못해….

자신도 눈앞의 누군가를 구할 수 있지 않을까, 그렇게 생각했다.

시험하듯 창을 휘두르고, 송쥬는 입 끝을 올렸다.

"설마, 퇴화에서 돌아올 줄은 생각도 못 했지만 말이지."

짐승 모습으로는 그 많은 수의 부하나 간수와 어디까지 싸울 수 있을지 알 수 없었다. 그래도 구하고 싶다는 의지만이 앞서, 정신이 들었을 때는 땅을 박차고 귀족의 목을 물어뜯었다. 하지만 그 덕분에 퇴화의 저주는 풀린 것이다.

송쥬는 견디기 어려웠던 시간을 떠올렸다. 교의를 지키려고 아무리 강한 의지로 결의했어도, 몇 번이나 포기하고 싶은 순간이 있었다.

하지만 계속 싸워 왔기 때문에 지금이 있다. 발버둥친 의미는 있었던 것이다.

"그래도 퇴화에서 돌아왔다는 것은…."

무지카는 손을 맞잡고 고개를 숙였다. 그때 밖에서 다시 소음이 들려왔다.

"우물쭈물할 시간이 없군."

송쥬는 다시 무지카의 손을 잡고, 사람들의 눈을 피해 복도를 달렸다. 달리면서 무지카는 숨을 헐떡이며 물었다.

"어디로 도망가지?"

무지카는 끌려왔을 때 본 왕도의 입지를 기억하고 있었다. 밖으로 나가려면 해자에 걸린 다리를 건너는 방법밖에 없다. 설령 성을 빠져나가 시가지까지 도망간다 해도, 이미 다리는 경비병이 지키고 있을 것이다. 습격에 의해 전투가 벌어지고 있다면 더욱 그렇다.

"다리는 건너지 않아."

그렇게 말하며 송쥬는 성 밖이 아닌, 안쪽을 가리켰다. 무지카에게는 광대한 미궁처럼 보이는 성 내부를 거침없이 달려갔다.

"해자보다 더 깊은 곳에 지하 통로가 있어. 거기로 도망가자."

송쥬의 머릿속에는 '선생님'에게 배운 지하도의 지도가 들어있었다.

지금 성에 있는 자들은 대부분 그 길을 모른다. 적어도 왕병들은 파악 못 한 오래된 시대의 길이다.

송쥬를 뒤따라 달리면서 무지카는 아까 하려던 말을 계속했

다.

"하지만 송쥬… 네가 퇴화에서 돌아왔다는 건…."

송쥬는 어깨너머로 무지카를 돌아봤다. 조심스런 목소리가 새어나왔다.

"나하고, 같은 체질이 된 거야…."

무지카는 고개를 숙이고 중얼거렸다. 또 같은 일이 반복될 뿐이 아닌가 하고, 무지카의 가슴속에 불안이 스쳤다.

"결국 너를 구한 게 아닐지도 몰라…."

그렇게 중얼거리는 무지카에게 송쥬는 자조 섞인 투로 대답했다.

"어느 쪽이든 나는 쫓기는 몸이야. 게다가."

송쥬는 크게 숨을 들이마셨다 내뱉었다.

"이제야 겨우 교의를 지키며 살 수 있게 됐어. 감사한다, 무지카."

그 말에 무지카는 조용히 눈을 들었다. 고개를 들고 송쥬를 올려다봤다.

"뭐…?"

성 심층부로 들어갈수록 주위는 돌로 된 장엄한 벽과 기둥에서 점차 동굴 같은 공간으로 변해 갔다.

"아까 아무도 구할 수 없다고 했는데, 너무 그렇게 단정하지 마."

송쥬는 앞을 보고 말을 이었다.

“살아 있으면 반드시 뭔가를 바꿀 수 있어.”

실제로 이렇게.

어두운 갱도 같은 통로를 지나자 두 사람은 갑자기 넓은 곳으로 나왔다.

“지금 여기서 죽어 줄 수야 없지.”

송쥬는 벽에 걸린 횃불대에 불을 붙였다.

“아….”

무지카는 눈앞에 나타난 거대한 지하도 입구에 눈을 휘둥그레 떴다.

이 성으로 끌려올 때는 이제 도망칠 수 없을 거라고 모든 것을 단념했는데.

“이 통로는 이대로 왕도 밖의 숲속으로 이어져 있어. 가자.”

송쥬가 달려 나가려 할 때, 어둠 속에서 발굽 소리가 들렸다. 송쥬는 움직임을 멈췄다. 무지카 역시 흠칫 놀라 숨을 삼켰다.

‘말? 병사들인가…?’

그렇게 추측했다가 송쥬는 어둠 속에서 나타난 기척에 이내 그것을 부정했다.

‘아니야….’

자세를 취하고 창을 고쳐 잡았다. 발소리가 멎고 누군가 지면에 내리는 소리가 희미하게 울렸다. 웃음을 머금은 목소리가

동굴에 퍼졌다.

"역시 살아 있었구나."

우아한 걸음걸이로 빛이 닿는 곳에 나타난 것은 레우위스였다.

"송쥬."

목소리를 듣는 순간 그 위압감에 송쥬는 식은땀을 비 오듯 흘렸다. 메마른 입을 간신히 달싹였다.

"형님…."

무지카를 등 뒤에 감싸고 송쥬는 형과 대치했다. 창을 겨누지만 레우위스와 1 대 1로 싸워 이길 가망은 절망적이었다.

틈을 보아 어떻게 달아나느냐다. 송쥬는 식은땀을 흘리며 재빨리 사고를 회전시켰다. 언뜻, 등 뒤에 감춘 무지카를 확인했다.

'최악의 경우, 형님을 찌르고 내가 죽더라도….'

"잊고 간 물건을 전하러 왔다."

송쥬의 그 생각을, 레우위스의 목소리와 그가 던진 반짝이는 은색의 무언가가 가로막았다. 송쥬는 날아온 그것을 반사적으로 받았다. 그것은 자신의 가면이었다.

송쥬가 한손으로 그것을 받는 순간 레우위스의 몸은 이미 간격 안으로 들어와 있었다.

"!!"

송쥬는 얼른 창을 끌어당겨 자루로 레우위스의 공격을 막았다. 틀림없이 공격은 막아 냈을 텐데, 그래도 송쥬의 어깨에 격통이 일어났다.

"윽…!"

송쥬는 곁눈으로 자기 어깨를 봤다. 창을 쥔 손과는 반대쪽, 레우위스의 그 예리한 손톱이 송쥬의 어깨에 깊이 박혀 있었다.

"송쥬!"

그것을 보고 무지카가 비명을 질렀다. 레우위스는 웃음 섞인 목소리로 말했다.

"나쁘지 않은 반응이구나."

레우위스는 깊이 박힌 손톱을 뺐다. 송쥬의 어깨에서 피가 분수처럼 솟았다.

"그때 네게 준 고기는 쓸데없는 낭비였나 생각했는데… 모를 일이군."

그렇게 즐거운 듯 레우위스는 입 끝을 올렸다.

"……."

송쥬는 어깨를 누르고 무릎을 꿇었다. 상처는 재생한다. 그러나 그 공격으로 힘의 차이는 확실히 드러났다. 마음만 먹었다면 손톱은 어깨만이 아니라 가면 속까지 파고들어 도려냈을 것이다. 굳이 그러지 않았을 뿐.

송쥬는 일어서서 창을 고쳐 쥐었다. 어깨에서 팔로 피가 흘러 새빨갛게 물들어 있다.

재생 중인 부상을 무시하고 송쥬는 다시 레우위스의 품으로 뛰어들었다. 무기가 서로 부딪치는 날카로운 소리가 울렸다. 레우위스는 태연한 얼굴로 그 공격을 막고 있었다.

"…도망가."

송쥬는 정면을 본 채 무지카에게 일렀다.

"내가 이놈을 붙잡고 있는 사이에, 가."

"…그럴 수는."

무지카는 떨면서 오도 가도 못 하고 섰다.

'또야….'

무지카의 머릿속에, 여기 끌려오기까지의 일이 되살아났다. 고독했던 시간, 뻗어 준 손길, 웃는 얼굴과 감사. 그리고 그들의 죽음.

'또 같은 일이 되풀이될 거야….'

이 피로 한 번은 구한 상대가 또 눈앞에서 살해당하고 만다. 자신의 생명을 구하기 위해.

창과 창을 맞대며 버티는 송쥬의 몸을 레우위스는 걷어차 버렸다.

"윽."

그리고 레우위스의 창은 그대로 무지카를 향해 호를 그렸다.

송쥬가 숨을 삼켰을 때, 날 끝은 무지카의 가면 앞에 딱 멈춰 있었다.

"아…."

레우위스는 소녀에게 물었다.

"어떻게 할 테냐? 내가 아우와 싸우는 동안 도망쳐도 상관없다."

날카롭게 갈린 창날 끝에서 창을 쥔 그 팔로, 그리고 레우위스에게로 천천히 시선을 옮겼다.

좀 전까지는 손발이 떨렸지만 이제는 차분하게 마음이 가라앉는다.

"아니요."

무지카는 레우위스를 쏘아봤다. 레우위스는 가면 속에서 웃었다.

"그러면 어떻게 싸울 셈이지?"

무지카는 그 물음에 고개를 저었다.

"싸우지 않아요. 싸워도 나는 당신을 쓰러뜨릴 수 없으니까."

패배를 긍정하는 듯한 그 말에 레우위스는 신기하다는 듯 무지카를 바라봤다. 거기에는 공포도 비탄도 없다는 것이 레우위스는 흥미로웠다.

무지카는 자기에게 창을 들이대는 상대에게 똑똑히 일렀다.

"제게 살아 있어도 된다고 말해 준 친구를 버리고 도망가는

길을 택하지는 않겠어요."

레우위스의 눈이 보일 듯 말듯 커졌다.

그 순간, 땅에 엎드려 있던 송쥬는 손가락을 입에 대고 휘파람을 불었다. 높은 소리가 지하도 속에 울려 퍼졌다.

등 뒤에 있던 말이 갑자기 펄쩍 뛰어올랐다. 그리고 송쥬를 향해 달려갔다. 말은 돌아본 레우위스 옆으로, 말발굽 소리를 울리며 스쳤다.

"!!"

송쥬는 땅을 박차고, 무지카의 몸을 안고서 말에 뛰어올랐다. 그대로 고삐를 잡아 빙글 돌고는 달려 나갔다.

말 위에서 송쥬는 뒤돌아보는 레우위스의 가면을 향해 창을 날렸다. 날카로운 금속음이 울리고 레우위스의 모자가 동굴 속에 날아올랐다.

말은 어둠 속으로 달려갔다. 속삭이는 소리가 그 모습을 배웅한다.

"…이제야 알아차렸구나."

땅에 떨어진 모자를 레우위스는 집어 들었다. 먼지를 털고 다시 머리에 썼다. 그 가면에는 송쥬의 창이 스친 흔적이 남아 있었다.

레우위스는 엷게 웃고, 멀어지는 발굽 소리에 귀를 기울였다.

"너는 곧잘 그 말과 함께 사냥을 다녔지."

레우위스가 타고 온 말은 옛날 송쥬가 성에서 살던 시절 즐겨 타며 돌보던 말이었다. 그것을 알고 가면과 함께 데려왔던 것이다. 레우위스는 송쥬 일행이 도망친 어둠 속을 바라봤다.

“후… 씨앗을 뿌리는 것도 나쁘지는 않아.”

레우위스는 나직이 중얼거렸다.

이 세계는 지금 레우위스에게 너무나 하찮고 보잘것없이 변해 버렸다. 피가 끓고 근육이 약동하는 전장은 추억의 저편으로 사라지고, 오랜만에 본 왕정의 부패에는 진심으로 정이 떨어져 버렸다.

그러므로 이것은 아주 사소한 변덕, 순간적인 여흥에 불과하다.

만약 왕의 피를 이어받은 자와 퇴화를 치유하는 그 소녀가 자유롭게 풀려나면 어떻게 될 것인가. 물론 다시 잡혀 죽게 될지도 모른다. 살아남더라도 자기 미래에 어떠한 영향을 미치는 일은 없을지도 모른다.

하지만 이 선택으로 세계는 다시, 지금과는 다른 모습으로 변할 가능성을 갖게 되었다.

‘게다가 모든 일이 왕정 상층부 놈들 뜻대로 돌아가는 것도 재미없으니.’

송쥬와 무지카를 도망시킨 것은 그런 심술이기도 했다.

“자, 그럼 돌아가 볼까.”

지상에서는 아직 왕병들이 길란의 가신 세력과 교전하고 있을 것이다.

길란의 가신은 충성심이 두텁고 실력 있는 자들이 많다. 일찍이 함께 인간과 싸웠던 자도 있지만, 레우위스 안에서 용솟음치는 것은 오랜만에 싸워 볼 만한 적과 일전을 나눌 수 있다는 조용한 흥분뿐이었다.

검은 외투를 펄럭이며, 레우위스는 그 자리를 뒤로했다.

옥좌가 있는 알현실, 종자들을 거느리고 앉은 레그라발리마에게 이베르크가 전령에게 들은 내용을 보고했다.

"길란의 가신군에 의한 반란은 진압. 길란은 일족 잔당과 함께 예정대로 야생화형에 처했습니다."

평탄한 어조였지만, 그 목소리에서 한결 더 감정이 사라졌다.

"그러나 생존해 있는 것으로 보이는 아우님, 아니, 송쥬도 특이체질 소녀도 아직 발견되지 않았습니다."

레그라발리마의 얼굴은 위쪽 절반이 가면으로 가려져, 꼭 다문 입술이 엿보일 뿐이다. 그러나 눈께가 드러나지 않아도 그 눈동자에 싸늘한 것이 깃들어 있음은 느낄 수 있었다.

본래 그 소녀는 오늘 밤 만찬을 장식하며 그녀의 배 속에 들어 있어야 하는데.

레그라발리마는 시선을 내리깔았다. 알현실에는 밧줄에 묶인 두 귀족이 끌려와 있었다. 왕족의 방계에 해당하는 귀족들이지만 그들이 태어났을 때부터 내세워 왔던 그 신분도 여왕 앞에서는 아무 쓸모가 없었다.

벌벌 떨면서 귀족들은 바닥에 이마를 대고 있었다.

"아… 폐… 폐하… 용서하옵소서…."

"바, 반드시 찾아내서, 다시…."

귀족은 결국 끝까지 말을 마칠 수 없었다.

레그라발리마의 손톱이 그 머리를 가면과 함께 갈랐다. 단면을 드러낸 머리가 축 늘어지더니, 숨이 끊어진 귀족의 몸이 바닥으로 무너졌다.

"들을 가치도 없구나. 어서 치워라."

차가운 목소리로 명령하고, 레그라발리마는 옆에 선 종자를 시켜 손톱에 남은 피와 살점을 닦도록 했다.

그 가면 속의 안광은 먼 곳을 노려보고 있었다.

"더러운 짐승의 몸으로 전락하면서까지 부지한 목숨이건만… 참으로 어리석은 아우로다."

이베르크는 옥좌에서 일어서는 살기에 전율했다. 레그라발리마는 선대 왕을 능가하는 긍지와 소유욕을 가지고 있다. 자기가 먹으려던 고기를, 지금까지 존재조차 무시했던 막냇동생에게 가로채인 것이다. 그 분노는 이베르크조차 숨이 막힐 정도로, 옆에 있는 자에게 위압감을 주었다.

"내 것을 빼앗은 이상, 이제 그 목숨은 없다고 생각해야 할 것이다."

노기에 차 읊조리던 레그라발리마는 이베르크에게 명령했다.

"송쥬를 반역자로 수배하라. 사악한 피를 가진 자 '사혈(邪血)의 소녀'를 데리고 왕정에 반기를 든 자라고."

이베르크는 "예." 하며 꿇어 엎드렸다.

* * *

어두운 지하도는 이내 흡혈수 뿌리로 뒤덮인 동굴로 바뀌었다. 군데군데 돋아나 빛을 발하는 지하 식물만이 시야를 흐릿하게나마 비춰 준다.

송쥬는 한손으로 고삐를 잡으며, 다른 한손으로는 레우위스가 준 가면을 썼다.

"네가 레우위스의 주의를 끌어 줘서 살았어."

흔들리는 말 등 위에서 무지카는 아직도 이것이 현실임을 믿을 수 없었다.

"아직 내가… 살아 있는 거야?"

그렇게 중얼거리자 송쥬는 짧게 웃었다.

"그래, 살아 있는 거다."

그리고 기가 막힌다는 듯 어깨를 으쓱했다.

"여기서 죽어 줄 수는 없다고 말하기가 무섭게 몸을 날릴 줄은."

송쥬에게 무지카는 우리 안에서 해방시켜 준 상대로 그치지 않게 되었다.

'두 번 다시 내 편은 생기지 않을 줄 알았는데.'

'선생님'을 잃은 후 이 왕성에서 자기를 버리지 않은 자는 없었다. 압도적인 힘 앞에서는 누구나 제 몸을 먼저 챙기게 된다. 겁쟁이가 된다. 당연한 일이다.

사실은 잘못됐다, 그런 선택을 하고 싶지 않다고 생각해도, 자신이 믿는 것을 지키기란 터무니없이 어려울 때가 있다.

그 사냥 때 배운 '선생님'의 교의가 되살아났다.

"오만을 버리고 나누십시오."

송쥬는 무지카의 동료들이 해 온 일을 알았다. 그들은 그 체질을 자기들끼리 차지하려면 할 수도 있었다. 하지만 그러지 않았다. 위험을 무릅쓰고, 퇴화로 고통받는 자라면 누구에게나 나누어 주었다.

그것이 올바른 일이라 믿고 행한 것이다.

왕정부가 이 피를 독점하고, 선한 의지가 모두 헛되이 될 뻔했다고 생각하면 다시금 분노가 끓어오른다. 하지만 짐승 모습으로 우리에 들어 있던 자신은 그것을 이해하지도 막아 내지도

못했을 것이다.

처형이 다가오는 가운데, 그럼에도 개 한 마리를 구하려 한 무지카가 있었기에 자기는 우리에서 나올 수 있었다. 무지카의 동료들까지 구하지는 못했다. 하지만 그들은 죽어서도 그 피로 남은 사람을 구한 셈이다.

송쥬는 고삐를 쥔, 제 모습으로 돌아온 손을 바라봤다.

'헛되이 하지 않겠어….'

그것이 그들의 피를 이어받은 자신이 할 수 있는 일이다.

'생명은 서로 이어져 있다.'

구원받은 자신은 앞으로도 무지카를 지킬 것이다. 왕정부의 추적자에게 쉽게 잡혀 줄 생각은 없다. 이대로 어디까지든 도망치고 말 것이다.

무지카는 잠시 송쥬를 보고 있었지만, 이윽고 다시 앞을 향했다.

"그렇구나…."

그리고 가슴을 누른다. 그 안에서 맥박 치는 피의 흐름을 느낀다.

"…살아 있으면 언젠가는 뭔가를 바꿀 수 있을지도 몰라."

동굴 앞쪽이 희미하게 밝아 오는 것이 보인다. 숲속으로 이어지는 출구에서 들어오는 빛이다. 그것은 이미 왕도를 벗어났음을 가리키는 증표였다.

송쥬는 스치는 바람에 그리운 숲의 냄새가 섞여 있는 것을 느꼈다.

"그래… 살아만 있으면."

이것은 승리도 무엇도 아니다. 왕정부는 방해되는 자들을 표면에서 제거하고, 앞으로도 똑같은 방식으로 백성들을 지배할 것이다. 레그라발리마가 그 왕좌에서 군림하는 한.

그러나 패배도 아니다.

송쥬는 빛을 향해 달려갔다. 이 몸을 가두어 온 우리는 이제 없다. 왕족의 지위도 체질의 속박도 없는 자유로운 세계가 앞에 펼쳐져 있었다.

사혈의 소녀와 왕가의 이단아. 큰 운명에 삼켜져 그들의 생명은 쉽게 꺾어질 수도 있었다. 하지만 두 운명이 만났을 때 변혁은 일어났다.

결코 바꿀 수 없어 보였던 두 개의 운명이 이제 확실히 바뀌기 시작했다.

『약속의 네버랜드 ~전우들의 기록~』 마침

시라이 카이우

원작 담당. 2016년『소년 점프+』단편 작품『포피의 소원』으로, 작화 데미즈 선생님과 첫 콤비 작품을 발표. 같은 해 8월부터『약속의 네버랜드』를『주간 소년 점프』에서 연재 중.

데미즈 포스카

작화담당. 〈pixiv〉에서 일러스트레이터로 인기를 모으는 한편 아동만화가, 장정화가 등 다방면에서 활약. 2016년 8월부터『약속의 네버랜드』를『주간 소년 점프』에서 연재 중.

나나오

점프 소설 신인상 jNGP'12 Spring 특별상.『은여우』,『오늘은 회사 쉬겠습니다』노벨라이즈를 담당.

약속의 네버랜드
~전우들의 기록~

2024년 2월 10일 초판 발행

원작 시라이 카이우 | **그림** 데미즈 포스카 | **소설** 나나오 | **옮긴이** 서현아
발행인 정동훈
편집 팀장 황정아 김은실 | **편집** 노혜림
발행처 (주)학산문화사 | 서울특별시 동작구 상도로 282 학산빌딩
편집부 02.828.8838(전화), 02.816.6471(팩스) | **영업부** 02.828.8986(전화), 02.828.8890(팩스)
홈페이지 www.haksanpub.co.kr | **등록** 1995년 7월 1일 | **등록번호** 제3-632호

ISBN 979-11-411-0037-7 03830

값 7,000원

아다치와 시마무라 10

이루마 히토마 지음 | raemz 일러스트 | 논 캐릭터 디자인

이루마 히토마가 선사하는
평범한 여고생들의 풋풋한 이야기, 제10탄!

나는 내일 이 집을 떠난다. 시마무라와 같이 살기 위해서. 나도 시마무라도 어른이 되었다. "아~다치." 벌떡 일어났다. "으아앗." 호들갑스럽게 뒤로 물러선 나를 보고 시마무라가 눈을 휘둥그렇게 떴다. 장난스럽게 양손을 들어 올렸다. 아래로 내려와 눈에 걸친 머리카락을 쓸어넘기면서 좌우를 둘러보고 이제야 상황을 이해했다. 아파트로 이사를 왔었다. 둘이서 지내는구나, 앞으로 계속. "자, 잘 부탁합니다." "나도 많이 부탁을 하게 될 테니, 각오해 둬." 나의 세계는 모든 것이 시마무라로 되어 있었고, 앞으로 계속될 미래에는 그 어떤 불안도 없었다.

(주)학산문화사 발행